LOCUS

LOCUS

LOCUS

LOCUS

to

fiction

to 127
誤會
Le Malentendu

作者：卡繆 Albert Camus
譯者：嚴慧瑩
編輯：林盈志
封面設計：林育鋒、許慈力
內頁排版：江宜蔚
校對：呂佳真
出版者：大塊文化出版股份有限公司
台北市 105022 南京東路四段 25 號 11 樓
www.locuspublishing.com
locus@locuspublishing.com
讀者服務專線：0800-006689
TEL：(02) 87123898　FAX：(02) 87123897
郵撥帳號：18955675　戶名：大塊文化出版股份有限公司
法律顧問：董安丹律師、顧慕堯律師

總經銷：大和書報圖書股份有限公司
地址：新北市新莊區五工五路 2 號
TEL：(02) 89902588　FAX：(02) 22901658

初版一刷：2022 年 3 月
定價：新台幣 280 元
ISBN：978-626-7118-06-1

誤會

Le Malentendu

卡繆
Albert
Camus

嚴慧瑩 譯

目錄

導讀

思考荒謬，書寫荒謬

徐佳華（國立中央大學法文系副教授）

卡繆很早便規畫了一個包含三個階段的寫作計畫。從意識到「荒謬」（第一階段），到起而並肩「反抗」（第二階段），直至以「愛」為度量（第三階段），每個階段皆以論述、小說和戲劇三種不同文類輔以不同文學手法，推敲、探究並延伸這三個既為因果，又彼此重疊呼應的主題。三個階段雖看似如線性推進，實如螺旋延展，愛自始至終貫穿荒謬與反抗的核心，每個階段的思想脈絡也與卡繆的人生與歷史的進程緊緊相扣。

荒謬之感從何而來？在一個以宗教和傳統為中心的社會裡，人生大小事皆因果有據，方向明確，無從荒謬起，一切交給神或順從天。這樣的世界舒適安穩，好人上天堂，壞人下地獄。然而，當世間的悲慘與不正義讓人對前述世界秩序產生懷疑，人們開始感到焦慮惶惑。卡繆所在之二十世紀前中期的西方社會瀰漫著沮喪與不安：工業與科技發展帶來前所未見的戰爭死傷，基督宗教的世界觀與道德指引逐漸失去力量，對理性的尊崇和宗教信仰已然動搖的歐洲像個失怙的孩子，從未如此自由，卻頓失歸依。人們懷疑神是否真愛世人，還是祂其實並不存在。而沒有了神的帶領，人突然發現自己的孤單。過去，人只是現世的過客，從沒好好感受當下世界，一切頓時變得陌生。尤有甚者，機械化的現代生活又切斷了人與自然的連結。人失了根，不再理解他的世界。努力有何意義？存在為何目的？

這種睜開雙眼卻看不到光明的普遍社會氣氛開啟了卡繆對荒謬（l'Absurde）的思考，成為荒謬階段的論述之作《薛西弗斯的神話》的問題意識。卡繆想知道抱持著一個接受現世之外沒有其他可能，又拒絕遁入信仰或「就是這樣，不然呢」的閃躲態度（卡繆使用「跳躍」〔un saut〕一詞，指的是作弊、遇到不能解釋之處就繞道、閃避）的「荒謬的人」，是如何透過唯一能夠確定的東西，亦即個人經驗和意識（我思，故我在）找出荒謬之中不知何去何從的可能姿態。

人一旦察覺到與身處世界之間的違和感，一切就都不一樣了。但是意識到荒謬只是開端，絕非結果。荒謬的人不寄望死後的世界，因為他只擁有有限的現在。荒謬的人也謝絕信仰的救贖、人云亦云的道德規範，他要以一己之力扛起人生的全責，形塑自己的人生。因此，《薛西弗斯的神話》對荒謬的因果推演反而得出以下結論：思想行動的完全自由，接受死亡即是灰飛煙滅，同時盡情燃燒有限生命，不求明天。人生的無意義與自殺的命題因而解決：人生愈沒有意義，人愈可能活好活滿。換句話說，荒謬的人認命，卻不認命。承認荒謬的下一步並非否定人生，而是反抗。

然而，以荒謬為前提並透過邏輯推演所得到的完全自由真的沒問題嗎？卡繆以戲劇作品《卡里古拉》尋求回應。卡里古拉是歷史上真實存在的羅馬暴君，他的親妹妹兼情人之死使他意識到死亡不可逆之殘酷現實。如果世界的最高秩序並不存在，那麼人便可以自任主宰。身為帝王，卡里古拉擁有絕對權力。為了好好教教這群假裝歲月靜好的虛偽傢伙，他代替不可捉摸的命運之神，因為無常才是人生的真相，而所有人都必須活在真相之中。卡繆給了卡里古拉各種荒唐殘暴的作為一個非常人性、甚至令人憐憫的原因，首演更由年輕俊美的傑拉．菲利浦（Gérard Philipe）飾演本是其貌不揚的暴君，讓這部劇作的詮釋有了更強的衝突性。如同許多追求絕對的年輕生命，原本相信人性價值的卡里古拉受到荒謬現實的重擊。他起身反抗，但是方法錯了，因為他的作為出於絕望，他喪失了對人與生命的信念，如此的虛無只會帶來毀滅。隨著各地獨裁者之坐大，卡繆持續更新這部劇本，卡里古拉成了現代獨裁者的隱喻。劇作家邀請讀者捫心自問：如果你我也擁有無限權力，如果你我也希望翻轉世界的秩序，是否也會成為卡里古拉？劇末一句「我還活著」，意味深長。

劇作《誤會》雖不在一部小說、一部劇作和一部論述的原始計畫內，卻未嘗不可將它視為介於荒謬與反抗階段之間的轉捩點。它的場景設於今日的捷克，這個對卡繆而言意味著流放與無助之地。浪子在離家多年後返回故里，心情輾轉忐忑。他入住其母與其妹經營的小鎮旅店，為了觀察家人是否惦記著他，也因為無法決定自己的去留，他選擇假扮陌生人，卻始終找不到對的那句通關密語與家人相認，最後慘遭她們謀財殺害。卡繆寫作此劇時身在法國，二戰阻斷了法國與阿爾及利亞間的聯絡，使他無法回鄉與家人妻子相聚。劇作家對臨海家鄉的思念，化為殺人凶手前往熱帶國度幸福生活的幻夢。然而，如果每個人都有權追求幸福，任何手段是否皆為正當？反抗不能沒有限度，目的不能合理化手段，這是卡繆下一階段反抗思想的重點之一。《誤會》是卡繆創作現代悲劇的嘗試，有命運的捉弄，人性卻更為關鍵。其標題原文malentendu由mal和entendu組成，字面原意為誤聽、聽不清楚，引申為誤會、誤解，搬演著人與人之間的各說各話、彼此揣測，誰也無法幫誰，無人得到拯救。然而悲劇的設定之下卻確實隱含著正面寓意：在是非顛倒、善惡不明的荒謬世界中，唯有誠實和真切的語言能夠帶來救贖。

誠實和清楚的語言雖然看來再簡單不過，在現實世界裡卻啟人疑竇。《誤會》的故事化為一則社會案件剪報，出現在荒謬階段小說《異鄉人》主人翁莫梭的囚室中。當謊言成了遊戲規則，有說成沒有、沒有說成有才是常態的時候，莫梭只說真話。就算牽涉自己的命運，也不虛偽佯裝，始終如一。世人不理解他，認為他是個怪物，因為他拒絕迎合社會期待。或許世人太習慣於社會化的遊戲，莫梭的語言如同烈陽下的天空，直接地近乎刺眼。誠實也反應在他對外在環境的各種感受，那是他唯一了解世界的方式。他只是個阿爾及爾的窮小子，貧窮或許限制了他的想像力，但是他不需要想像力，一草一木對他而言沒有任何先驗的意義或目的。如同《薛西弗斯的神話》中所言，當掩蓋世界的各種論述被褪去，與個人感受坦誠相對成為理解世界的誠實起點。從這個角度來說，莫梭是個「荒謬的人」，他唯一承認的是此生此世，和身為人、亦僅為人的感受體驗。卡繆把阿爾及爾的平民生活，只有工作、期待週末卻沒有未來的生活模式，擔任新聞記者的經驗，對人與神之正義的觀察等等許多細節都微妙地揉捏在《異鄉人》這個似乎永遠無法被完全透析，卻也將不斷被討論詮釋的作品之中。

最後要提醒讀者的是，《異鄉人》並非《薛西弗斯的神話》的故事版，《薛西弗斯的神話》亦非其他虛構作品的題解。正因三種文類本質各異，允許卡繆由不同角度與設定探索荒謬的各種面向，並探尋正視荒謬下的可能行動方式。尤其是他的小說與戲劇，作為開放的文本，它們提出問題更甚於給予標準答案，透過精湛的文學手法，邀請讀者一同思索荒謬，並期待反抗。

導讀

命運的臉孔

童偉格（作家、國立臺北藝術大學戲劇系講師）

悲劇，在極端虛無和無限希望間搖擺。主角否認打擊他的秩序，而神因秩序被否認，就更加打擊他。兩者就在存在招致質疑之際，確證彼此的存在。歌隊從中得到教訓，即有一種秩序，也許令人痛苦，但不承認它的存在，情況將要更糟。唯一的淨化，就是什麼也不否認，什麼也不排斥，接受生存的神祕、人的局限。總之，接受人們無法全盤知悉的這種秩序。「一切都好。」刺瞎雙眼後，伊底帕斯如是說。他知道此後再也看不見了。他的黑夜就是光明：在眼睛死去的這張面孔上，閃耀著悲劇世界的最大忠告。

——卡繆，〈雅典講座：關於悲劇的未來〉（一九五五）

一九五七年，卡繆獲頒諾貝爾文學獎。數月後，在美國版《戲劇集》序言中，他用相對平易的方式，為不必然會熟悉他的讀者，回顧了自己的舞臺劇本創作歷程。據他說明，《誤會》這部劇作的初稿，寫於一九四一年，遭納粹占領的法國。當時，因投身地下反抗運動，他困居在法國中部山區，而幽居時期的抑鬱心情，也就源源本本反映在《誤會》裡，使得全劇，瀰漫一種使人窒息的氛圍。然而，卡繆期待讀者超越（或忽略）上述「事實」，來重新理解《誤會》。他提出了兩點關於解讀的具體建議：一、雖然全劇氛圍陰鬱，但《誤會》的本意「不完全是負面的」；二、包括《誤會》在內，他的所有劇作皆是不完美的提案，目的，皆是為了靠近某種「現代悲劇」。

就第一點建議而言，卡繆認為，象徵化與心理分析式的詮釋方法，對《誤會》同樣意義不大，恐怕都只是治絲益棼。因《誤會》的題旨，該當就像全劇情節所揭示的那般簡單明瞭。這是說，藉由展演一則主角因為隱瞞身分、導致錯解，最終遭到殺害的明白故事，卡繆確切想陳述的哲理，不外乎是（用他自己的話來說）：「在這個不公不義、冷漠的世界，用最簡單的真誠和最正確的字眼，人可以自救，也可以救其他人。」

這也就是為何，卡繆會說此劇「不完全是負面的」之因。某種意義，他是藉由《誤會》，反向展演了一個事關人之存有的積極建議。亦是因此，一方面我們可知，就創作思維而言，《誤會》明確位於《卡里古拉》，這部卡繆「荒謬時期」代表劇作的延長線上，而以相對更簡練的形構，示現對他而言，人的所謂「謬誤」：因為否定人，卡里古拉不得不毀掉自身；因為否定自身，《誤會》裡的尚，終究毀滅了此身所向的所有人。

另一方面，《誤會》此劇，毋寧具有嚮導意義，索引了「荒謬時期」之後，卡繆個人的重要哲學思考。如我們已知：上述在此劇中，被悉心留白的「真誠態度」，與「準確的話」等建議，將由卡繆在後續「反抗時期」的代表小說《瘟疫》裡，直述為「正直」——卡繆認為「正直」，正是個人對抗集體災厄的最好方法；而當「了解到人類的一切不幸都來自於他們不把話講清楚明白」、且從此，力圖清晰陳說個人所思所見時，人就有望，在也許必然的敗局裡，艱難地，重拾起與他者的聯繫。或者，有望重拾對彼此之「命運」的所謂「愛」。

也因此，當我們以「反抗時期」裡，卡繆對西方傳統人文命題的重省、與回歸古典範式的創作實踐成果，來試圖理解《誤會》時，我們會發現，卡繆給予隔洋讀者的第二點解讀建議，確實相當可信：果真，對卡繆而言，比《卡里古拉》更切近一步，《誤會》的寫作，亦是為了迫視出目前應存、卻尚未實存的戲劇形式。這所謂「現代悲劇」，在卡繆的想像中，將是繼古希臘時代，及英國伊麗莎白時期（莎士比亞）直至法國悲劇年代（高乃依與拉辛）之後，西方戲劇藝術的第三個黃金年代。

卡繆且也在上引講稿中，就比較觀點，提出了個人關於「悲劇」的簡要定義：不同於西方的其他嚴肅戲劇，或情節劇，卡繆認為，悲劇特別模稜兩可，在其中，相互對立的力量，皆都合情合理。複雜點說：「一方面是人及其強大的渴望；另一方面是反映在世間的神的原則」；當兩者皆合於情理，卻相互衝突時，就有了悲劇。由此，據卡繆所言，特屬於悲劇的悖論是——當個人對神聖秩序的反抗愈合理，這種秩序，竟也就顯得愈不可或缺，而悲劇的規模，也就愈盛大了。

更複雜點說：這就是《誤會》以其刻意簡明的情節設計，所嘗試涉入的古典語境，或嘗試再做驗算的既驗命題。就此而言，卡繆不無幽默地表白：他感覺，如果在《誤會》實演時，能「讓劇中人物穿上古希臘的服裝，大家可能都會鼓掌」。這是說，在寫作《誤會》時，卡繆有意裁剪文本內部的故事歧徑、磨除文本外部的「事實」沾黏，而只以最接近直線的敘事，在一個盡可能封閉的虛構空間裡，讓悲劇式的語言，得以由人物來專注宣陳。從而，也使人物，得以憑藉自身情感邏輯的「一致性」，和那個始終痛擊著他們的「命定性」拚搏到底。在文論《反抗者》裡，卡繆扼要重述這個主張：長久以來，他追求某種理想的虛構作品，在其中，「一切生命具有命運的臉孔」。

當這個主張付諸實踐，卡繆認為，即連《誤會》亦必有缺陷，只因這部劇作，就像卡繆一生所有劇作，一再封印了獨屬於這類劇作的無解難題——對卡繆而言，悲劇最大的重點，正是語言風格，然而，他卻無法自信地宣稱，自己已經找到了某種「既自然又古怪」的理想語言。某種「現代人物使用的古代悲劇語言」。

一九六〇年，卡繆不幸因車禍而亡故，給世人留下許多遺憾，也終止了他對上述無解難題的持續迫視——其實，少有人留意，既非小說，也非文論，戲劇，才是卡繆心中，「文學的最高體裁」。戲劇幫助卡繆，「逃脫威脅任何作家的那種空洞無物」；既因為在劇場裡，希望，能由集體同心協力來落實，也因為在實演過程中，那始終的無解之難，能由個人重複而具體地檢視。卡繆自然並不知道，在他亡故後六年，會有學者如雷蒙．威廉斯，以更廣闊的論述框架，集成卡繆所指的「悲劇的星雲」，或諸多在卡繆看來，仍未臻理想的求索之作，而以《現代悲劇》一書，確證西方悲劇之現代性：超乎卡繆想像，包括卡繆劇作在內，這些作品，正是以與古典範式的斷裂、錯位或形變，確證了所謂「現代悲劇」的實存跡軌。

卡繆當然也難以預期，自他亡故後六十多年，在這個更活絡分岔、眾聲喧嘩的現代世界裡，卻正是他那如今看來，愈顯質樸的語言觀，與那些自認並不完美的劇作，如《誤會》，為讀者，留存了對文學傳統的猶然信任。於是，或許能這麼說：多年以後，《誤會》為我們所封印的最深邃悖論，是這部描述「歸鄉之錯」的作品，同時亦反向摹寫了作者對「歸鄉」的摯誠深願。卡繆個人的「雅典」。某種意義，《誤會》紛錯歸返的，即是伊底帕斯王離鄉前刻的故土。因為，比服從神諭而棄嬰的柔卡斯塔更自譴，多年以後，《誤會》裡的母親竟因不識親子，而親手取走他的性命。比不識親母的城邦之王更可悲，平凡人子，尚攜願重返家園，卻徒然自蹈了死境。比自刺雙眼的王更無辜，瑪麗亞被驟然奪去視域，只能以「眼睛死去的這張面孔」，惶視一個黝暗而陌異的世界，如斯孤立無援，直至劇末。

因為這些曾經直視「命運」的臉孔，於是劇末前刻，卡繆得以揭曉整部《誤會》裡，一件最無誤解之事：比那位自我放逐的盲眼罪人、或任何猶可能離鄉之人都還更加絕望，卻也更加確知——一生不受惜愛、從來只領有一隅破敗家園的孤獨之人瑪塔，在歲月湮沒的故土之上，為我們，短瞬目擊了「從沒有人知道的那個秩序」。

誤會

獻給我「團隊劇團」[1]的朋友

1 卡繆於一九三五年成立「勞動劇團」（Théâtre du Travail），一九三七年改名為「團隊劇團」（Théâtre de l'Équipe）。譯註。

《誤會》首次搬上舞台是在一九四四年六月二十四日，在馬圖林劇場（Théâtre des Mathurins）上演，由馬塞爾・赫蘭德（Marcel Herrand）導演。演員表如下：

人物表

瑪塔（Martha）：Maria Casarès飾
瑪麗亞（Maria）：Hélène Vercors飾
母親：Marie Kalff飾
尚（Jan）：Marcel Herrand飾
老僕人：Paul Œttly飾

第一幕

第一場

中午。旅店接待室。室內整潔明亮。一切井然有序。

母親：　他會再回來。

瑪塔：　他這麼跟妳說的？

母親：　是啊。妳剛才出去的時候他說的。

瑪塔：　他單獨一人回來嗎？

母親：　我不知道。

瑪塔：　他有錢嗎？

母親：他沒有在乎房錢。

瑪塔：如果有錢更好，但還得他是隻身一人才行。

母親：（疲倦地）隻身一人又有錢，是啊。然後我們又得再幹一次。

瑪塔：沒錯，我們要再幹一次。但是我們的辛苦會得到代價。

一陣沉默。瑪塔凝視著母親。

瑪塔：母親，妳好奇怪。這陣子我都快不認識妳了。

母親：我累了，我的女兒，如此而已。我想休息了。

瑪塔：我可以擔下您在這店裡還要承擔的工作。這樣您就可以整天休息了。

母親：我說的休息不完全是這個意思。不是的，我說的是一個老太太的夢想。我渴望的是平靜，有點想鬆手不管了。（微弱一笑）這說起來很蠢，瑪塔，但有些夜裡我幾乎興起了宗教的情懷。

瑪塔：我的母親，您沒老到要對宗教興起情懷的程度。您有其他的事可做。

母親：妳知道我這是說玩笑話。怎麼！一輩子活到頭，總可以任憑自己了吧。人不能老是像妳一樣硬撐且變得冷酷，瑪塔。這也不是妳這年紀該做的。我認識許多和妳同年紀的女孩，她們只想些瘋狂的荒唐事。

瑪塔：您很清楚，和我們的比起來，她們那些荒唐事根本不算什麼。

母親：別說這個了。

瑪塔：（緩緩地）現在好像連某些字眼您都不敢說出口了。

母親：那又怎樣呢？只要我不臨陣退縮就行了。這不重要！我想說的只是，希望有時候能看到妳微笑。

瑪塔：我有啊，我跟您發誓。

母親：我從沒看過妳微笑。

瑪塔：我在房間裡獨自一人的時候會微笑。

母親：（仔細凝視著她）妳的臉多麼嚴峻啊，瑪塔！

瑪塔：（靠近她，平靜地說）所以您不喜歡我這張臉？

母親：（一直凝視她，一陣沉默後說）我想我還是喜歡。

瑪塔：（激動地）啊！母親！當我們存了很多錢得以離開這看不到地平線的地方，當我們拋開這旅店和這個陰雨綿綿的城市，忘掉這陰暗的國度，當我們終於站在我夢想已久的大海前面，那一天您會看到我微笑。但是要在海邊生活需要很多錢，所以不應該害怕那些字眼，所以必須處理即將前來的那個人。如果他夠有錢的話，我的自由或許就靠他開始。他跟您談了許久嗎？

母親：沒有。總共也就說了兩句話。

瑪塔：他說要住房的時候神情如何？

母親：我不知道。我老眼昏花，也沒仔細看他的樣子。按經驗我知道最好不要看他們。殺不認識的人比較容易。（停頓）妳該高興了吧，我現在不怕說出那些字眼了。

瑪塔：這樣比較好。我不喜歡拐彎抹角。犯罪就是犯罪，必須知道自己要的是什麼。我覺得您剛才也知道自己要的是什麼，因為您在回答那個旅客的時候就已經想到要殺他了。

母親：我那時並沒有想到要殺他。只是按照習慣回答。

瑪塔：習慣？您明明很清楚，這種機會很難得！

母親：沒錯，但是習慣是第二次下手才開始形成。第一次下手，什麼都沒有開始，就只是了結一樁事。而且，就算機會難得，中間經過許多年，記憶更鞏固了習慣。是的，是習慣促使我回應，提醒我不要直視那個人，告訴自己他有張被害人的臉孔。

瑪塔：母親，必須殺了他。

母親：（聲音放低）當然，必須殺了他。

瑪塔：您說這話的樣子很奇怪。

母親：說實在的，我累了，我希望至少這個人是最後一個了。殺人極其疲累。我不怎麼在乎死在海邊或是死在這平原中央，但我很希望這次完事後，我們就一起離開這裡。

瑪塔：我們會離開，而且那將是個大日子！振作起來，母親！不會太費事的。您知道這甚至不能算是殺人。他喝下茶，昏睡過去，還活著的時候，我們把他抬到河裡去。很久之後，他才會被人們發現堵在水壩上，跟其他沒他這麼好運、眼睛開開自己跳河的人堵在一起。上次我們去看水壩清汙的那一天，母親，您跟我說過我們下手的那些受的罪最少，人生比我們還要殘酷。振作起來，您會得到休息，我們終會逃離這裡。

母親：好，我會振作。的確，有時我很欣慰死在我們手下的並沒受到痛苦。這幾乎不能算是罪行，只不過動點手腳，在一些陌生人的生命裡輕推一把。沒錯，生命顯然比我們還殘酷。或許就因為這樣，我難以有罪惡感。

老僕人上場。在櫃台後坐下，一言不發。直到第一場結束都一動也不動。

瑪塔：我們把他安排在哪個房間呢？

母親：隨便哪個房間，只要在二樓就好。

瑪塔：是啊，上一次拖下兩層樓把我們累壞了。（此時她才第一次坐下）母親，是真的嗎，在那裡，海灘上的沙會燙腳？

母親：我沒去過，妳也知道的。但是聽人說那裡的太陽會吞掉一切。

瑪塔：我在一本書裡讀到，那裡的太陽連人的靈魂都會吞掉，把皮膚曬得發亮，但身體裡面卻被掏空。

母親：瑪塔，妳夢想的就是這個嗎？

瑪塔：對，我厭倦一直得背負著靈魂，想早點去到那個太陽抹殺一切問題的國度。我的安身之地不是這裡。

母親：唉！在那之前我們還有很多事要做。如果一切順利，我當然和妳一起走。但我呢，我並不會覺得是前往安身之地。到了一定的歲數，沒有任何得以獲得休息的安身之地，能親手造起這棟簡陋的磚房，裡面充滿回憶，有時還能在這屋裡安然入睡，這已經很不錯了。但是，若我能同時尋得睡眠與遺忘，當然也很好。

她站起身朝門走去。

準備一切吧，瑪塔。（停頓）如果真值得這麼幹的話。

瑪塔目視她走出門，自己也從另一扇門出去。

第二場

老僕人走到窗戶旁，看見尚和瑪麗亞，便閃開身躲起來。老僕人獨自待在舞台上幾秒鐘。尚上場，停下腳步，看了看室內，看見窗戶後面的老僕人。

尚：　有人在嗎？

老僕人看著他，穿過舞台然後下場。

第三場

瑪麗亞上場。尚猛然轉身朝向她。

尚：妳跟蹤我。

瑪麗亞：原諒我，我沒辦法克制自己。我或許待會兒就走，但讓我看看我把你留在什麼地方。

尚：要是有人來，我想要做的事就不能做了。

瑪麗亞：至少讓我們碰碰運氣，說不定有人會來，那我就能夠讓你被認出來，雖然你不願意。

他轉過身。停頓。

瑪麗亞：（環顧四周）就是這裡？

尚：嗯，就是這裡。二十年前我就是從這扇門走出去的。那時我妹妹還是個小女孩，就在這牆角玩耍。我母親並沒過來擁抱我。我那時以為這對我來說無所謂。

瑪麗亞：尚，我無法相信她們剛才沒認出你來。母親永遠認得出自己的兒子。

尚：她已經二十年沒看到我了。我那時還是青少年，幾乎算是個小男孩。我母親年老了，視力衰退。甚至我自己都差點認不出她來。

瑪麗亞：（不耐煩地）我知道，你走進來，說聲「日安」，然後坐下來。你什麼都沒認出來。

尚：我的記憶並不真確。她們接待我時沒說一句話。她們端來我點的啤酒。她們看著我，但視而不見。這一切都比我原來想的還要困難。

瑪麗亞：你明明知道其實不困難，只要說出來就好了。遇到這種情況，只需說「是我」，一切不就照常進行了嗎。

尚：對，但是我原本充滿想像。我呢，我等待的有點像是浪子回頭的團圓飯，然而卻是自己花錢點了啤酒。我情緒激動，沒辦法說話。

瑪麗亞：只消說一個字眼而已。

尚：我沒找到是哪一個字眼。怎麼了，反正我沒那麼急。我帶著財富來到這裡，如果可能的話，也帶來幸福。當我得知父親過世時，就明白我對她們兩個有責任，一旦明白到這一點，我就做我該做的事。但是我想，回家並不像人們所說的那麼容易，接受一個陌生人是自己兒子也需要一點時間。

瑪麗亞：為什麼不先通知你要回來的消息呢？有些事我們不得不採取和所有人一樣的作法。想要被認出，就先報自己名字，這不是很清楚嗎。你裝成不是你，最後會把一切搞亂。如果你以陌生人的身分出現，怎麼會不被當成一個陌生人呢？不，不，這一切都不對勁。

尚：好了啦，瑪麗亞，沒那麼嚴重。而且呢，這還助了我的計畫一臂之力。我可以藉由這個機會，稍微從局外來看她們，更能發現什麼能讓她們幸福。之後，我會想出方法讓她們認出我，其實只要找到適當的字句而已。

瑪麗亞：方法只有一個，就是第一個出現的念頭，說「我回來了」，任由你的心說出來就好了。

尚：心沒那麼簡單。

瑪麗亞：但是心使用的字句都很簡單。這樣說並不難啊：「我是您的兒子，這是我的妻子。我和她在一個我們兩個都喜愛的面海、充滿陽光的國度度過了一段歲月，但我覺得不夠幸福，今天我需要回來找尋妳們一起去。」

尚：妳別這麼偏頗，瑪麗亞。我不需要她們，但是我認為她們可能需要我，一個男子漢從不會感到孤單。

停頓。瑪麗亞轉過身。

瑪麗亞：或許你是對的，原諒我吧。自從我到了這個國家，就神經緊張戒備，這裡看不到一張快樂的臉孔。這個歐洲太悲苦了。從我們來到這裡之後，我就再沒聽到你笑過，而我呢，也變得疑神疑鬼。啊！為什麼要讓我遠離我的國家呢？我們走吧，尚，我們在這裡找不到幸福。

尚：我們來這裡不是尋找幸福。幸福，我們已經擁有了。

瑪麗亞：（激烈地）那何不安於現狀呢？

尚：幸福不是全部，人有各自的責任。我的責任是找到我的母親，尋回我的祖國……

瑪麗亞做個手勢，尚制止她：傳來腳步聲。老僕人從窗前經過。

尚：有人來了。走吧，瑪麗亞。拜託妳。

瑪麗亞：不能這樣，我做不到。

尚：（聽到腳步聲逐漸接近）先躲在那兒。

他把她推到底端的門後面。

第四場

底端的門打開。老僕人穿過接待室，沒看見瑪麗亞，然後從外面的門走出去。

尚：　現在快走吧。妳看，我運氣還不錯。

瑪麗亞：我要留下。我一句話也不說，只待在你身邊，等著你被認出。

尚：　不，妳會露出馬腳。

她轉過身，但又朝向他走回，面對面凝視他。

瑪麗亞：尚，我們結婚五年了。

尚： 快五年了。

瑪麗亞：（低下頭）今夜是我們第一個分開的夜晚。

他不語，她又抬起頭看著他。

我一直愛著你的全部，甚至包括我所不了解的部分，然而，其實我希望你和所有人沒有不同，我並不是個愛唱反調的妻子，但在這裡，我害怕你讓我獨睡的床，也害怕你拋下我。

尚： 妳不該懷疑我對妳的愛。

瑪麗亞：喔！我不懷疑你的愛，但除了愛之外，你還有你的夢想，或是你的責任，這兩個是同一件事。你老是不可捉摸，就好像你要避開我自己靜一靜。但是我，我不要避開你自己靜一靜，而今夜（她哭著投入他懷裡），今夜我無法承受。

尚：（緊抱著她）妳這是孩子氣。

瑪麗亞：當然，這是孩子氣，但是我們原本在那裡如此幸福，這個國度的夜晚令我害怕，這不能怪我。我不要你放下我一人在這兒。

尚：我不會放下妳太久。請妳理解，瑪麗亞，我有要實踐的諾言。

瑪麗亞：什麼諾言？

尚：當我明白母親需要我的那天，我對自己許下的諾言。

瑪麗亞：你還有另一個承諾要實踐。

尚：什麼承諾？

瑪麗亞：對我許下婚約那天所做的承諾。

尚：我想我可以協調這一切。我要求妳的並不多，也不是無理取鬧。一個晚上和一個深夜讓我試著看清方向，更認識我所愛的她們，學著如何讓她們幸福。

瑪麗亞：（搖搖頭）對好好相愛的人來說，分別總不會像沒事似的。

尚：胡鬧，妳明知道我好愛妳。

瑪麗亞：不，男人永遠不知道如何好好愛，永不知足。他們光會做夢，編造出新的義務，尋找新的國土、新的家園。但我們女人呢，我們知道必須趕快去愛，睡同一張床，手牽著手，擔憂分離。愛的時候，不會夢想任何其他東西。

尚：妳說這些是什麼意思？我只是想找到母親，幫助她，讓她幸福。至於這是我的夢想或是義務，該來的就如此承擔。如果沒有這些，我就不算個人，妳也不會如此愛我了吧。

瑪麗亞：（驟然轉過身去）我知道你總是理由充分，總是能說服我。但是我再也不聽了，一旦你用那種我已然熟悉的聲調講話，我就摀住耳朵。那是代表你孤獨的聲調，而不是愛情的聲調。

尚：（站到她身後）別說這些了，瑪麗亞。我希望妳讓我單獨留在這裡，以便看得更清楚。我和母親同睡一個屋簷下，並沒那麼恐怖，也不是什麼了不得的大事。其他的就交給上帝安排。上帝也知道在這一切之中，我不會忘記妳。只不過，在放逐或遺忘之中，人是不可能幸福的。人不能永遠當個異鄉人。我要尋回我的祖國，帶給所有我愛的人幸福。我目前看的僅止於此。

瑪麗亞：這一切可以用簡單的話語做到，但你採取的不是個好方法。

尚：我的方法是好的，因為這樣我才能知道我懷抱的這些夢想，到底對還是不對。

瑪麗亞：我希望是這樣，希望你是對的。但是我呢，我唯一的夢想是我們曾經幸福生活的那個國度，我唯一的義務就是你。

尚：（攬她入懷）放手讓我去做，我終會找到可以解決一切的字語。

瑪麗亞：（任由他抱著）喔！繼續做夢吧。只要我保有你的愛，其他都無關緊要！往常，當我和你意見相左的時候，都告訴自己不要覺得不幸，我會耐心等，等你從虛幻謬誤中回心轉意，那麼屬於我的時間便會開始。若我今天覺得不幸，是因為我雖然確定你對我的愛，卻深知你會攆我走。就是因為如此，男人的愛是撕裂，他們無法克制自己離開自己所鍾愛的。

尚：（捧著她的臉對她微笑）這一點也沒錯，瑪麗亞。但是呢，妳看著我，我沒有冒多大風險。我做我想做的，問心無愧。今夜妳把我交給我母親和我妹妹，這並沒有什麼好擔心的。

瑪麗亞：（掙脫開）那麼，再會了，希望我的愛保護你。

她朝著門走去，在門邊停住，朝著他亮出空空兩手。

但你看我是如何無助。你出發去尋覓，將我留在等待之中。

她猶豫了一下。之後離開。

第五場

尚坐下。老僕人推開門讓瑪塔走進來，之後退場。

尚：　日安。我想要個房間。

瑪塔：我知道。我們正在準備房間。我必須將您登錄在旅客住宿登記簿上。

她走去拿住宿登記簿，再走回來。

尚：　您的僕人有點奇怪。

瑪塔：這是第一次有人對他提出指摘。他一向盡忠職守。

尚：喔！這不是指摘。只是說他不同於一般人，如此而已。他是啞巴嗎？

瑪塔：並不是這樣。

尚：那他會說話囉？

瑪塔：盡量不說，只說重要的。

尚：總之，他似乎聽不到人家跟他說的話。

瑪塔：不能說他聽不到，只不過他耳背。請問您的姓名。

尚：卡爾．哈謝克。

瑪塔：卡爾，就這樣？

尚：就這樣。

瑪塔：出生年月日和地點？

尚：我今年三十八歲。

瑪塔：您在哪裡出生？

尚：（猶豫一下）在波希米亞。

瑪塔：職業？

尚：沒有職業。

瑪塔：沒有職業地活著，不是很富有就是很窮困。

尚：（微笑）我不是很窮困，而且基於種種原因，我很高興自己並不窮困。

瑪塔：（轉換了語調）您是捷克人，當然囉？

尚：當然。

瑪塔：長住地址？

尚：波希米亞。

瑪塔：您從那裡過來的？

尚：不，我從非洲過來。（她一副不明白的樣子）大海另一邊過來的。
瑪塔：我知道。（停頓）您經常去非洲？
尚：還滿常的。
瑪塔：（神遊了一下，又重拾精神）您的目的地是？
尚：我不知道。這取決於很多事情。
瑪塔：您要長住在這裡？
尚：我不知道，這要看我在這裡能找到什麼而定。
瑪塔：沒關係。但這裡沒有人等著您嗎？
尚：沒有，原則上沒有。
瑪塔：我想您有身分證吧？
尚：有，可以給您看。
瑪塔：不用了。我只需登記您拿的是護照還是身分證就行。

尚：（遲疑）護照。在這兒，您要看嗎？

她接過護照，正要看，老僕人出現在門口。

瑪塔：沒有，我沒有叫你來。（他下場。瑪塔心不在焉，把護照交還給尚，並沒有看。）您去那裡的時候，是住在海邊嗎？

尚：是的。

她站起身，像是要收拾住宿登記簿，然後又改變心意，把登記簿打開在身前。

瑪塔：（突然語氣嚴峻）啊！忘了問！您有家人嗎？

尚：我曾經有。但已經離開家很久了。

瑪塔：不，我問的是：「您結婚了嗎？」

尚：您為什麼問這個呢？沒有一家旅店問過我這個問題。

瑪塔：省城發給我們的登記表裡就有這一項。

尚：真奇怪。是的，我結婚了。何況，您應該也看到我手指上戴著婚戒。

瑪塔：我沒看到。可以告訴我您妻子的住址嗎？

尚：她留在她的國家。

瑪塔：啊！太好了。（她闔上登記簿。）在等您房間準備好的這段時間，需要我端什麼飲料來嗎？

尚：不用了，我就在這裡等。希望不會妨礙您。

瑪塔：為什麼會妨礙我？這接待室就是用來接待客人的。

尚：是沒錯，但有時候獨自一個客人比一群客人還要干擾。

瑪塔：（整理接待室）為什麼？我想您並不會想和我油嘴滑舌。想來這裡糾纏我的都自討沒趣，這裡的人老早都明白這一點。您很快就會知道您選擇了一家清靜的旅店。這裡幾乎沒人來。

尚：這對您的生意來說並不理想。

瑪塔：我們少了些收入，但賺到清靜。清靜是無價的。再說，一個好客人比一群吵鬧的客人來得好。我們尋求的，就是一個好客人。

尚：但是……（猶豫）有時候妳們的生活並不快樂吧？妳們不覺得很孤單嗎？

瑪塔：（驟然轉身面對他）聽好了，我覺得應當給您警告：來到我們旅店，您只有客人的權利。相反的，所有客人的權利您都可以享用。您將會受到完善接待，我認為日後您不會對我們的招待有所抱怨。但是您大可不必操心我們的孤單，也不必擔心會不會妨礙到我們，會不會唐突。好好當一個客人，這是您的權利。但是不要超過客人的權限。

尚：請您原諒。我只是想表達我的善意，沒有惹您生氣的意思。我只是感覺我們並沒有那麼陌生。

瑪塔：我想應該跟您再重複一次，問題不在於生不生氣。我覺得您似乎硬要用不符合自己身分的口吻說話，這是我想跟您說清楚的。我向您保證，我這樣做，並不是在生氣。彼此保持距離，對我們雙方都好，不是嗎？倘若您繼續用超過顧客身分的口吻說話，那也很簡單，我們不接待就是了。但我想您願意理解，租給您房間的兩位婦女並不一定要接納您、任您窺探隱私，那麼，一切都好辦。

尚：那是當然。讓您以為我有什麼歪念頭，真無法原諒。

瑪塔：這沒什麼。您不是第一個企圖用這種口吻跟我說話的人，但我一向講得很清楚，杜絕任何可能的曖昧。

尚：您講得很清楚，的確，我也知道我無話可說……就目前來說……

瑪塔：為什麼？您大可用顧客的口吻說話。

尚：那是什麼口吻呢？

瑪塔：大部分客人什麼都說，談他們的旅行、談政治，就是不要談我們，這也是我們的要求。也有一些客人跟我們談到他們的私生活、他們是什麼樣的人，這也很正常。畢竟，客人付錢，我們的義務裡也包括傾聽。不過當然，住宿費並不包括旅店人員必須回答客人問題。我母親有時會不在意地回答，我則是依照原則拒絕。如果您清楚了這一點，我們不只能夠彼此同意，您也會發覺，您還有好多事可以對我們說，會發現有時候談到自己而有人傾聽，是件愉快的事。

尚：很可惜，我不太擅長談我自己。不過，反正這不必要。如果我只是短暫住幾天，您不必認識我。如果我待很長一段時日，不必我說，您大有時間知道我是什麼樣的人。

瑪塔：我只希望您對我剛才所說的話不會耿耿於懷，這毫無必要。我一向覺得有話直說是最好的，而且我不能放任你繼續用那種口吻，因為這樣會傷及我們的關係。我所說的都是合理的，因為，在今天之前，我們之間毫無交集，沒有任何原因讓我們突然一下子熟稔起來。

尚：我已經原諒您了。的確，我知道熟稔不會信手捻來，需要時間。如果現在您覺得我們之間已經很清楚，那我很高興。

母親上場。

第六場

母親：日安，先生。您的房間準備好了。

尚：非常謝謝您，女士。

母親坐下。

母親：（對瑪塔）住宿登記了嗎？

瑪塔：登記了。

母親：我可以看一下嗎？請原諒，先生，但是警察檢查很嚴格。瞧，可不是嗎，我女兒忘了登記您來這裡是為了健康養病、因公出差，還是觀光旅遊。

尚：我想是觀光旅遊吧。

母親：一定是來參觀修道院的吧？我們這裡這間修道院廣受好評。

尚：的確有人跟我提到過。我也想再次看看我以前認識的這個地區，我對這裡留存著美好的回憶。

瑪塔：您住過這個地區？

尚：不，但是在很久之前，我曾有過機會經過這附近。我未曾遺忘。

母親：不過我們這個村子可是小得很啊。

尚：這沒錯。但是我很喜歡這裡。而且我一來到這裡，就有點像回到家的感覺。

母親：您要待很久時間嗎？

尚：我不知道。妳們當然會覺得奇怪。但是，我真的不知道。要久待在一個地方，一定有某些原因——在這裡有朋友、有對這個地方某些人的依戀，要不然沒有特別要停留在這裡的動機。因為我不能確定是否能受到良好的招待，自然不能確定接下來要做的。

瑪塔：這話說了等於沒說。

尚：是的，但是我不知道該如何表達更適切。

母親：算了，您很快就會待膩的。

尚：不，我是個很忠於我心的人，只要有機會就會很快產生回憶。

瑪塔：（不耐）心不心的跟這裡無關。

尚：（好似沒聽到她的話，對母親說）您似乎看透了一切。您待在這旅館很長時間了嗎？

母親：好多好多年了。這麼久，我都已經不知道什麼時候開始，也忘記以前我是什麼樣子。這是我女兒。

瑪塔：母親，您沒必要說這些事。

母親：是的，瑪塔。

尚：（很快速地）別提這個了。我非常了解您的感覺，女士。這是一輩子辛勞到頭的感想。但是若您和所有婦女一樣受到幫助，如果您有個男人的臂膀可依靠，或許您的感想會不一樣。

母親：喔！我曾經有過這樣的幫助，但是要做的事太多了。我先生和我全力以赴都不夠。我們甚至沒有時間關心彼此，甚至在他過世前，我就忘了他。

尚：是啊，我能了解。但是……（遲疑了一下）有個兒子也能幫上忙，您應該不會忘了他吧？

瑪塔：母親，您知道我們還有很多事要忙。

母親：兒子！喔！我是個太老的老太太！老太太們甚至都不知如何愛兒子

了。心是會耗損的，先生。

尚：是沒錯。但我知道心是不會忘記的。

瑪塔：（站到他們兩人中間，態度堅決地）就算兒子來到這裡，也會和任何一位客人受到的一樣：冷漠的良好招待。我們曾接待過的所有男性客人都很合作，付了房錢，拿了鑰匙。他們並沒有談到內心不內心。（停頓）這樣可以簡化我們的工作。

母親：別說了。

尚：（若有所思）他們都停留很長時日嗎？

瑪塔：有一些住很久，我們竭盡所能讓他們留下來。其他人，比較沒那麼有錢，住一夜就走了。對他們，我們就什麼都做不了。

尚：我很有錢，倘若妳們接受的話，也想在這旅店留一段時間。我還忘記告訴妳們，我可以先付房錢。

母親：喔！我們不是跟你要求這個！

瑪塔：如果您很有錢，那很好。但是請不要再談到您的心了。我們對您的心無能為力。我剛才差點想請您離開，因為您說話的口吻讓我厭煩。現在拿上您的房間鑰匙，進您的房間吧。但請您明白，您投宿的這家旅店沒有談心的餘地。在這個小鎮和在我們身上，太多灰色的年月過去了。這些年月逐漸冷卻了我們這家旅店，剝去了我們的同理心。我再跟您說一次，您在這裡是找不到親近的。您會得到的是我們一向對罕見來到此地的旅客同樣的招待，我們會招待他們，但和熱情交心毫不相干。拿上您的鑰匙（她把鑰匙遞給他），別忘了這一點：我們是為了賺錢而接受客人，安安穩穩，如果我們讓您留下，是為了賺錢，安安穩穩。

他接下鑰匙；她下場，他目送著她下場。

母親：別太在意，先生。但有些話題她確實無法忍受。

她站起身，他想攙扶她。

不用了，我的孩子，我還沒殘廢。您看我這雙手還很有力量，足以抬起一個男人的雙腳。

停頓。他注視他的鑰匙。

是我說的話讓您深思嗎？

尚：不，對不起。我幾乎沒聽到您說的話。但您為什麼稱我為「我的孩子」呢？

母親：喔！我腦袋糊塗了！這並不是因為覺得熟悉，請相信我。只不過是種說法而已。

尚：我了解。（停頓）我可以上樓到房間了嗎？

母親：請，先生。老僕人在走廊上等著您。

他看著她，欲言又止。

您還需要什麼嗎？

尚：（猶豫）沒有，女士。只是……謝謝您的招待。

第七場

母親單獨一人。她重新坐下來，雙手放在桌上，她凝視著雙手。

母親：為什麼跟他說到我的手呢？倘若他仔細看看我這雙手，或許就會明白瑪塔跟他說的話了。他若是明白了，就會離開。但是他不明白，就是要送死。我希望的只是他走，讓我今晚能上床睡得安穩。太老了！我太老了，沒辦法再用雙手握住他的腳踝，抬著他搖搖晃晃的身體一路到河邊。我太老了，沒辦法盡這最後的一力，把他丟到水裡，雙臂搖晃，氣喘吁吁，肌肉糾結，連把沉睡的人拋進水裡濺到我身上的水擦掉的力氣都沒有。我太老了！好吧，好吧！完美的肉票。我得把自己期望的沉睡送給他。

而這……

瑪塔突然進來。

第八場

瑪塔：您又再胡思亂想什麼？您明明知道我們還有很多事要忙。

母親：我在想那個男人。或者說，我想到我自己。

瑪塔：最好想想明天。積極一點。

母親：這是妳父親常說的話，瑪塔，我一下就聽出來了。但是我想要確定這是最後一次我們必須積極。真奇怪！妳父親說這句是為了驅散對警察的害怕，而妳，妳說這句話僅僅為了驅散我剛才產生的一絲正直念頭。

瑪塔：您稱之為正直的念頭，只不過是想沉睡的欲望。把您的疲憊推延到明天，之後您就能放手一切了。

母親：我知道妳說的有理，但必須承認這個旅客和其他人都不一樣。

瑪塔：是的，他太心不在焉了，誇張顯露單純無知的模樣。如果死刑犯開始對劊子手吐露心中煩憂，這世界會變成什麼樣呢？這可不是個好原則。況且，他的魯莽冒昧也讓我惱火。我要了結這樁事。

母親：正是這一點不好。之前，我們下手的時候，既沒憤怒也沒同情，維持必需的冷漠。而今天，我呢，我累了，而妳又被激怒了。當事情變得棘手，只不過是為了多一點錢而已，還是硬要去幹嗎？

瑪塔：不是，不是為了錢，而是為了忘掉這個國度，為了一間面海的屋子。您對生命疲憊了；但我呢，我對這個封閉的國度厭煩死了，我覺得在這裡再活一個月都不可能了。我們兩個都因為這間旅店疲憊不堪。您因為老了，只想閉上眼睛忘卻一切；但我呢，感到心中還存著一些二十歲的想望。我想要永遠和之前的二十年澈底斷絕，儘管，為了這樣，就必須更深入一點我們想要脫離的人生。您得幫幫我，是您把我生在這愁雲慘霧的國度，而不是生在一片灑遍陽光的土地上！

母親：瑪塔，就某方面來說，我真不知道，比起聽妳用這種口氣說話，被妳哥哥遺忘，對我來說是不是還好些。

瑪塔：您很清楚我並不想惹您難過。（停頓，之後膽怯地說）若您不在我身邊，我該怎麼辦，遠離您身旁我會變成什麼樣？起碼，我不會忘記您，儘管這個沉重的生命有時會讓我忽略了對您該有的尊敬，請您原諒。

母親：妳是個好女兒，我也能想像要理解一個老太太有時很難。但是我要趁著機會告訴妳，也就是從剛才以來我一直跟妳說的：不要在今晚……

瑪塔：什麼？還要等到明天嗎？您很清楚我們的作法從來不是這樣，不能讓他有時間被別人看到，趁他還在我們手掌心裡的時候就行動。

母親：我不知道。但不要今晚。讓他度過今夜。讓我們緩一緩。或許靠他就能解救我們。

瑪塔：我們不必被解救，這話太可笑了。您所能希望的，就是今晚幹這麼一把，獲得之後得以安睡的權利。

母親：這就是我所說的解救：沉睡。

瑪塔：那麼，我跟您發誓，這救贖就在我們手中。母親，我們必須下決定。若不是今晚，就永遠做不到。

落幕。

第二幕

第一場

房間裡。夜色開始漫進房間裡。尚望著窗外。

尚：瑪麗亞說的對，這種時刻是難挨的。（停頓）她在做什麼呢？她在旅館房間裡，心已無感，雙眼乾澀，蜷縮在椅子上，是想些什麼呢？那裡的夜晚充滿幸福的保證。但這裡呢，卻相反……（他看看房間）算了算了，這種擔心毫無理由。人必須知道自己要的。一切都會在這房間裡搞定。

突然有人敲門。瑪塔走進來。

瑪塔：先生，希望沒打擾到您。我來換毛巾和洗臉水。

尚：我還以為已經換過了。

瑪塔：沒有，老僕人有時候疏忽了。

尚：這不重要。但我幾乎不敢跟您說您不會打擾我。

瑪塔：為什麼？

尚：我不知道這符不符合我們的協定。

瑪塔：您現在很清楚，您無法像一般人那樣回答。

尚：（微笑）我也得習慣這點才行。得多給我一點時間。

瑪塔：（忙著手邊工作）您很快就要離開。您並沒有時間。

他轉過身，望著窗外。她審視他。他一直背對著。她邊工作邊說。

尚：我擔心，先生，這房間不如您預期的來得舒適。

瑪塔：房間非常乾淨，這是最重要的。最近還重新裝修過，不是嗎？

尚：是的。您怎麼看出來的？

瑪塔：從一些細節裡看出來的。

尚：無論如何，許多客人抱怨沒有自來水，我們也不能太怪他們。我們也早就想在床頭裝一個電燈泡，對那些想躺在床上看書的人，還要起身轉計時開關真的很不方便。

瑪塔：（轉過身來）其實我並沒有察覺到這一點。但這也不是多大的不便。

尚：您非常寬容。我很高興您不在意我們旅店的諸多缺失。我知道這些缺失會讓某些顧客走人。

尚：儘管這不符合禮數，但我還是想跟您說，您有點怪異。我覺得旅店主人的角色並不是彰顯旅店的缺失之處。真好像您想方設法勸我離開似的。

瑪塔：這不盡然是我的想法。（下定決心說）不過我母親和我的確很猶豫要不要接待您。

尚：我注意到妳們至少沒特別想留我住下來，但我不知道原因。妳們應該不會擔心我付不出房錢，而且我相信我的樣子也不會讓人懷疑是壞蛋。

瑪塔：不，不是這樣。您完全沒有壞蛋的樣子。我們的理由並不是這個。我們想離開這家旅店，這陣子以來，我們每天都計畫結束營業，開始準備離開的事宜。關門對我們來說很容易，因為上門的住客很少。但是您來入住，讓我們明瞭我們有多麼想拋下我們原本的這個生意。

尚：妳們希望我離開？

瑪塔：我說了，我們猶豫，尤其是我猶豫。其實，一切都取決於我，而我還不知道如何下決定。

尚：我不想成為妳們的負擔，請別忘記這一點，妳們決定的我都照做。但是我也承認，能留在這裡一兩天對我來說方便許多。在繼續下一段旅途之前，我還有些事要處理，我期望在這裡能得到我所需要的寧靜與安詳。

瑪塔：我理解您的期望，請相信這一點，如果您希望留下，我會再考慮一下。

停頓。她遲疑地朝向門走了一步。

尚：所以您要回去您來的國度嗎？

瑪塔：或許吧。

尚：那是個美麗的國度，不是嗎？

瑪塔：（望著窗外）是的，是個美麗的國度。

尚：聽說那裡有些地區的海邊空曠無人？

瑪塔：沒錯。毫無人跡。清早沙灘上可以看到海鳥留下的足印，這是唯一生命的跡象。到了傍晚……

他停頓不說。

尚：（輕聲）先生，到了傍晚？

瑪塔：景色令人震撼。是的，那是個美麗的國度。

瑪塔：（換了一個新語調）我經常想到那裡。客人們會談到，我也盡量找些資訊來看。經常，就像今天，在這個國度冷冽的春天裡，我想到那裡的大海和花朵。（停頓，之後低沉地說）而我所想像的，讓我對周身的景象視而不見。

他仔細地看著她，在她面前緩緩坐下。

尚：我了解這一點。那裡的春天令人屏息。千萬朵繁花綻放在白色的牆上。如果您在環繞著我住的城市的丘陵上散步一個鐘頭，衣服上都會沾滿黃色玫瑰的花蜜香氣。

她也坐下。

瑪塔：真美好，我們這裡所稱的春天，是修道院花園裡開了一朵玫瑰，或冒了兩個新芽。（不屑地）這就足夠翻動我們這國度的人心。但是他們的心就像這朵吝嗇的玫瑰，稍微強一點的風就凋謝，他們也只配有這樣的春天。

尚：您這麼說並不完全正確，因為你們也有秋天。

瑪塔：秋天是什麼？

尚：是第二個春季，所有的葉片都像一朵花。（他緊緊凝視著她）如果您多一點耐心的話，或許會幫助那些人像這樣綻放成花朵。

瑪塔：我對這個秋天帶著春天的面貌、春天又帶著悲慘氣味的歐洲沒有多餘的耐心。但我滿心歡喜想像那個夏日碾碎一切、冬季的雨淹沒城市、總之一切事物有一切事物該有的樣子的另一個國度。

一陣沉默。他愈來愈好奇地看著她。她發現了這點，猛然站起。

瑪塔：您為什麼這樣看我？

尚：請原諒，但是，既然我們已經打破協定，我可以說出我心中的想法：我覺得您剛才頭一次帶著人性跟我說話。

瑪塔：（粗暴地）您一定是搞錯了。就算真是如此，您也不必高興。我身上的人性並不是我最好的部分。我身上的人性，就是我的渴望，而為了得到渴望的東西，我相信我會摧毀一路上所有的阻礙。

尚：（微笑）這種激烈我能夠理解。我並不需要害怕，因為我不是您路上的阻礙。沒有任何原因會讓我妨礙您的渴求。

瑪塔：您沒有理由妨礙，這是一定的。但是您也不必要順從我的渴望，而在某些情況下，這會讓一切加快速度。

尚：誰告訴您我沒有理由順從您的渴望呢？

瑪塔：這是常識，而且我也想把您排除在我們的計畫之外。

尚：如果我沒理解錯誤的話，我們現在又回到之前的協定了。

瑪塔：是的，之前沒遵守協定是個錯誤，您自己也看到了。我只感謝您告訴我您認識的那個國度，也很抱歉或許浪費了您的時間。

她已經走到門邊。

我必須說，對我而言，剛才這段時間並不全然是浪費。它喚醒了我或許已沉睡的渴望。如果您真的執意要留宿於此，那您就是在不自知的情況下，贏得了這個目的。我來您房間的時候，幾乎已經決定要求您離開，但如您所見，您喚起我身上人性的部分，我現在希望您留下來。我對海洋和陽光國度的嚮往超越了一切。

他凝視著她，一陣沉默。

尚：（緩緩地）您的話語相當奇怪。但是如果能夠、而您母親也不覺得不合適的話，我想留下來。

瑪塔：我母親的渴望沒我那麼強烈，這是很自然的。因此她和我希望你留下來的理由並不相同。她並不那麼渴望大海和無人的海灘，乃至於一定要讓您留下。這只是我個人的理由。但同時間，她也沒有充分理由反對我這麼做，這麼一來問題就解決了。

尚：如果我理解的沒錯，妳們接受我入住，一個是因為錢，另一個是因為不在乎？

瑪塔：　一個旅客還能要求更多嗎？

她打開房門。

尚：　所以我該因此而開心囉。但是您無疑也明白這裡的一切都讓我覺得奇特，您的話語和這裡的人。這家旅店真的很怪異。

瑪塔：　或許只是您自己的行事舉止怪異吧。

她走出門。

第二場

尚：（看著門）或許吧，的確……（他走向床，坐到床上）但這個女生讓我只想趕快離開這裡，和瑪麗亞在一起，重回幸福。這一切真愚蠢。我在這裡幹什麼呢？但是不行，我對母親和妹妹有責任。我拋下她們太久了。（他站起身）是的，一切將在這個房間裡了結。但這房間還真冷！我一點都認不出來，全部都重新裝修過了，它現在和那些國外城市裡單身旅客每夜投宿的所有房間都很相似。我也見識過像這樣的房間。我在找答案，或許能在這裡找到。（他看著窗外）天空陰沉下來，而現在我那從以前就有的焦慮又出現了，喏，就在我體內，像是一有動作就會被撕扯的爛傷口。我知道這焦慮是什麼，是害怕永恆的孤獨，擔憂其實並沒有答案，誰又會在一個旅館房間裡給你答案呢？

他朝服務鈴走去。猶豫一下然後按鈴。沒有聲音。一陣沉寂之後，腳步聲，有人敲房門。房門打開。門框裡站著老僕人，一動也不動，不發一語。

尚：沒事。對不起。我只是想看看有沒有人回應，看看鈴能不能用。

老人看著他，然後關上房門。腳步聲遠去。

第三場

尚：　鈴可以用，但是他不說話。這不是答案。（他望著天空）該怎麼辦？

有人敲了兩聲門。妹妹端著托盤進來。

第四場

尚：　這是什麼？
瑪塔：是您點的茶。
尚：　我什麼都沒有點。
瑪塔：啊？那是老人誤會了。他經常只弄懂一半。（她把茶放在桌上，尚做了個手勢）我該端走嗎？
尚：　不，不，相反地，謝謝您了。

她看著他。走出房間。

第五場

他端起茶，凝視著，又放下。

尚：一杯啤酒，但是是我自己付的錢；一杯茶，但是是搞錯了。（他端著茶杯，沉默一陣。之後低沉地說）喔，我的上帝啊！請讓我找到該說的字句，不然就讓我放棄這樁徒勞的事，重回瑪麗亞的愛。請賜給我選擇自己所更在乎的東西的力量，並堅持下去。（他笑）來吧，敬這一場浪子回頭的盛宴吧！

他喝下茶。有人大聲敲房門。

怎麼回事？

房門打開。母親走進來。

第六場

母親：對不起，先生，我女兒跟我說她拿了茶給您。

尚：您瞧。

母親：您喝了？

尚：嗯，怎麼了？

母親：請原諒，我把托盤撤下吧。

尚：（微笑）不好意思麻煩您了。

母親：不會。事實上，這杯茶本不是要給您的。

尚：啊！原來是這樣。我並沒有點，您女兒卻端來給我。

母親：（帶著某種疲憊）是的，是這樣。本來最好是……

尚：（驚訝）我很遺憾，請相信我，但您女兒終究還是把茶放下了，我沒想到……

母親：我也很遺憾，但您不必道歉。這只不過是個錯誤。

她收拾托盤，準備走出房間。

尚：女士！

母親：嗯。

尚：我剛剛下了一個決定：我想今晚吃完晚餐就離開。當然房錢我會照付。

她沉默地看著他。

我理解您可能會驚訝。但請千萬不要以為是您做了什麼。我對您只懷抱著好感，甚至很大的好感。然而，老實說，我在這裡感到不自在，我寧可不要再待下去了。

母親：（緩緩地）這沒關係，先生。原則上，您完全自由。但是從現在到晚餐前，您可能會改變心意。有時我們順著當下的感覺，之後事情改善，最後就習慣了。

尚：我不這麼認為，女士。然而我不希望您以為我是因為不滿意才離開。其實相反，我很感激您像這樣接待我。（猶豫一下）我似乎感受到您對我的某種親切善意。

母親：這是當然，先生。我並沒有私人原因要對您顯示出敵意。

尚：（壓抑著感情說）的確，或許是這樣。但我這麼說，是因為我想友善地離開。之後我說不定還會回來。甚至我確定會再回來。但是目前呢，我覺得自己搞錯了，沒必要待在這裡。坦白跟您說，我覺得這間屋子不是我的屋子，這感覺很難受。

她一直注視著他。

母親：是，當然。但是一般來說，這種事是立刻感覺得到的。

尚：您說的對。您瞧，我有點心不在焉。而且回到一個離開很久的國度，並不是那麼容易調適。您想必會理解。

母親：我了解，先生，我也希望您的事情能順利解決。但我認為我們幫不上任何忙。

尚：喔！這是當然，我沒有絲毫責怪妳們的意思。只不過妳們是我回到這國度最先遇到的人，所以最先在妳們身上遇到等在我面前的困難，這很自然。當然，這一切都出自於我，我還不適應。

母親：當事情不順利時，一點辦法都沒有。某方面來說，我並不樂見您決定離開，但是話說回來，我並沒有理由把這件事看得太重要。

尚：您分擔我的苦惱、試著理解我，做得已經夠多了。我不知該如何表達，您剛才說的令我多麼感動、多麼窩心。（他朝她做了個手勢）您看……

母親：讓所有的顧客感覺滿意，這是我們的職責。

尚：（氣餒地）您說的對。（停頓）總之，我只想跟您道歉，而如果您覺得合適的話，也想給您一些補償……

他用手抹抹額頭，看起來更疲倦了，說話也愈來愈困難。

你們或許做了準備工作、花了費用，天經地義應該要……

母親：我們當然不會跟您要求補償。我遺憾您反反覆覆，是為了您，不是為了我們。

尚：（撐著桌子）喔！這沒關係。重要的是我們彼此同意，妳們也不會對我留下一個太惡劣的印象。我不會忘記妳們這棟屋子，請相信這一點，希望當我再回來的那一天，我的狀態會好一些。

她一言不發走向房門。

尚：女士！

她轉過身。他說話困難，但說到後來比開始時順暢一些。

我希望……（他停下）請原諒，旅程讓我疲憊。（他坐到床上）我希望，至少，向您道謝……我也堅持要您知道，我並不像那些漠不關心的客人離開這裡。

母親：不必客氣，先生。

她走出。

第七場

他看著她走出。他做了個手勢，但同時也露出疲憊的樣子。他似乎疲倦不堪，手肘撐著枕頭。

尚：我明天再和瑪麗亞一起回來，我會說：「是我。」我會讓她們幸福。這一切都很清楚。瑪麗亞說的沒錯。（他嘆氣，半躺下）喔！我不喜歡今晚，一切都那麼遙遠。（他整個躺平，說的字句我們聽不到，聲音也低得幾乎聽不見）對或不對？

他動來動去。睡著了。舞台幾乎如同黑夜深沉。長長一陣寂靜。房門打開。兩個女人拿著燈進來，後面跟著老僕人。

第八場

瑪塔：（照了照軀體，悶著聲說）他睡著了。

母親：（同樣悶著聲，但聲音逐漸提高）不，瑪塔！我不喜歡妳這樣勉強我。妳拖著我非做不可。是妳先下手的，然後逼著我收尾。我不喜歡這種不顧我的猶豫的行動方式。

瑪塔：這是簡化一切的方式。您情緒亂糟糟，我得幫助您行動。

母親：我知道必須了結這件事。但是再怎麼說，我不喜歡這樣。

瑪塔：好了啦，不如想想明天吧，現在趕快行動。

瑪塔翻他的外套，掏出皮夾，數數裡面的鈔票。她把他所有口袋都掏空。正掏口袋的時候，他的護照掉出滑落到床後面。老僕人上前撿起，兩個女人都沒看見，老僕人退出房間。

瑪塔：好了。一切都準備好了。過一會兒，河水就會漲滿。我們下樓吧。等聽到水從水壩流下的時候，我們再回來找他。走吧！

母親：（平靜地）不。我們待在這裡挺好。

她坐下來。

瑪塔：但是……（她看著母親，之後帶著挑戰神情）不要以為這會嚇到我。那我們就在這裡等著吧。

母親：是啊，我們等著。等待是好的，等待讓人放鬆。待會兒得把他一路拖到河邊。光想到這我就很疲憊了，如此長久以來的疲憊，連我的血液都無法化解了。（她搖晃了一下，就好像半睡著了）這段時間，他一點都沒有懷疑。他睡著了。他和這個世界之間結束了。自此，對他來說一切都容易了。他只要從充滿意象的睡眠進到無夢的睡眠。對所有人來說的痛苦別離，對他來說將只是一場長長的睡眠。

瑪塔：（挑戰的語氣）那我們該高興啊！我沒有恨他的理由，也很高興他至少沒多受苦。但是……河水好像漲了。（她傾聽，之後微笑）母親，母親，很快就會結束。

母親：（同樣平靜的聲音）是的，一切將會結束。河水漲了。這段時間裡，他一點都沒生疑。他睡著了。他再也不需體會決定事情、收拾善後的疲憊。他睡著了，再也不需要緊繃、努力、強迫自己做自己做不到的。他再也不需要背負內心那個禁止休息、消遣、示弱……的十字架。他睡著了，不再想任何事，不再有義務和工作，沒有，沒有。而我呢，又年老又疲憊。喔！我現在就想沉睡，也想快點死去。（沉默）妳一句話都不說嗎，瑪塔？

瑪塔：不，我聽著。我等著河水的聲音。

母親：還要再一會兒。再一會兒就好。是啊，再一會兒。在這段時間裡，至少，幸福還是可能的。

瑪塔：幸福是在這之後才可能。而不是之前。

母親：妳知道嗎，瑪塔，他本來想今晚離開。

瑪塔：不，我不知道。但就算知道，我還是會照樣下手。我早已決定了。

母親：他剛才告訴我的。我不知該如何回答他。

瑪塔：所以您之前和他見面了？

母親：我上樓到他房間，想阻止他喝那杯茶。但是已經太遲了。

瑪塔：是，已經太遲了！老實告訴您吧，是他促使我下決心去做的。我本來還在猶豫，但他跟我談到我嚮往的國度，為了讓我感動。是他自己把武器塞到我手上的。這就是天真的下場。

母親：然而，瑪塔，他最後還是明白了。他跟我說他覺得這棟屋子不是他的家。

瑪塔：（激烈且不耐煩地）這棟屋子本來就不是他的家，也不是任何人的家。從來沒有人會在這裡感受到放鬆或熱情。他如果早點明瞭到這一點，就能逃過這一劫，我們也就不必想方設法讓他知道這房間是要讓人沉睡，這國度是要讓人死的地方。現在夠了，我們……（遠遠傳來河水的聲音）聽，水從水壩流下來了。來吧，母親，看在您偶爾提起的上帝的分上，了結這件事吧。

母親朝著床向前走了一步。

母親：　來吧！但我怎麼覺得這黎明永遠不會來臨呢。

落幕。

第三幕

第一場

母親、瑪塔和老僕人在舞台上。老人掃地、整理。瑪塔在櫃台後，把頭髮撥到腦後。母親穿過舞台，朝門口走去。

瑪塔：您看吧，這黎明來了。

母親：是的。明天我將會覺得事情結束真是件好事。現在呢，我只覺得疲憊。

瑪塔：今天早上是多年以來我第一次感到暢快自在。我彷彿已經聽見海洋的聲音，體內有一股歡愉讓我想高聲喊叫。

母親：那就好。瑪塔，那就好。但是我現在覺得自己好老，老得無法和妳分享任何事了。明天，一切都會好轉。

瑪塔：是的，一切都會好轉，我希望。但是您暫且別抱怨，讓我盡情快樂一下。我回復到少女時代。我的身體再次滾燙，想奔跑起來。喔！只要告訴我……

突然停頓。

母親：怎麼了，瑪塔？我都認不出妳了。

瑪塔：母親……（遲疑一下，接著熱切地）我還美麗嗎？

母親：這早晨妳是美麗的。罪行是美麗的。

瑪塔：現在罪行已不重要了！我重生了，我要前去那片會讓我幸福的土地。

母親：　好了，我要去休息了，但我很高興知道妳的生活終於要開始了。

老僕人出現在樓梯頂端，朝瑪塔走下來，把護照遞給她，然後一言不發下場。瑪塔打開護照看著，沒有反應。

母親：　那是什麼？

瑪塔：　（語調平靜）他的護照。您看。

母親：　妳明知我的眼睛很疲倦。

瑪塔：　看一下！那您就會知道他的姓名。

母親接過護照，走到桌前坐下，攤開護照看。她看了面前的護照頁許久。

母親：（語氣沒有表情）好啦，我早就知道總有一天會變成這樣，那就是該結束的時候了。

瑪塔：（走過來站到櫃台前面）母親！

母親：（同樣的語氣）別說了，瑪塔，我已經活夠了。我比我兒子活得長久很多。我沒認出他，我殺了他。現在我可以和臉已經被水草掩蓋的他在河底相會了。

瑪塔：母親！您不是要拋下我一個人吧？

母親：妳幫了我很多忙，瑪塔，我也很難過要離開妳。如果現在說這還有意義的話，我必須說，妳以妳的方式當個好女兒。妳對我一向保持應有的尊敬。但是現在我累了，本以為對一切都無感的衰老心靈，又重新感受到了痛楚。我不夠年輕，沒辦法找到自處之道了。總之，當母親瑪塔：認不出自己兒子的時候，她在這世上的角色就結束了。還沒結束，如果這母親的女兒還有幸福要追求的話。我聽不懂您所說的，這不像是您的話語。您不是要我什麼都不尊重嗎？

母親：（同樣漠然的語氣）是啊，但是我剛剛才知道我做錯了，在這個什麼都不確定的人世間，我們自有我們確信的東西。（帶著苦澀）今日我確信的，是母親對兒子的愛。

瑪塔：所以您不確信母親能愛她的女兒？

母親：我現在不想讓妳傷心，瑪塔，但這的確不是同一回事。這愛沒那麼強烈。我如何能夠沒有我兒子的愛呢？

瑪塔：（爆發）這二十年來遺忘了您的這份愛還真美好！

母親：是的，經過二十年音訊全無還倖存的愛真美好。但這又有什麼關係呢！這愛對我來說已經夠美好，因為沒有它，我無法活下去。

她站起身。

瑪塔：您說這話不可能不含一丁點憤慨，也絲毫沒想到您女兒吧。

母親：不，我什麼都不想，更沒有憤慨。這是懲罰，瑪塔，而且我猜想所有的殺人犯都有一刻像我這樣，內心被掏空、乾涸、沒有未來可言。這是我們判死殺人犯的原因，他們一無是處。

瑪塔：我對您的話語嗤之以鼻，也無法忍受您提到犯罪和懲罰。

母親：我只是衝口而出，如此而已。啊！我已失去自由，地獄開啟了！

瑪塔：（朝她走去，激烈地說）您以前並不會說這些。這些年來您一直在我身邊，手緊握著將要死的那個人的腿。那時您並沒想到自由或是地獄，一直這樣持續下來。您的兒子又改變了什麼？

母親：沒錯，我一直這樣持續。但那是按照習慣，就像行屍走肉。然而只要痛苦出現，一切就會改觀。我兒子前來改變的正是這一點。

瑪塔作勢要說話。

我知道，瑪塔，這沒有道理。對一個罪犯來說，痛苦代表的是什麼呢？但是妳也看到了，這並不是一個母親真正的痛苦：我並沒有尖叫出來。這只不過是由愛之中重新滋生出的痛苦，而連這個，我都已無法承受。我也知道，這痛苦沒有道理。（換了口吻）但這個世界本來就沒道理，我已嘗盡生命各種滋味，從創造生命到毀滅生命，我是有理由說這句話的。

她決斷地朝門走去，瑪塔超越她，擋在門前。

瑪塔：不，母親，您不會離開我。別忘了是他離開，是我留下來了；我留在您身邊一輩子，而他卻一去杳無音訊。這是要償還的，這是要算總帳的。您應該站在我這邊才對。

母親：（緩緩地）話雖如此，瑪塔，但是他呢，我殺死了他！

瑪塔稍微側轉過身，仰著頭，好似看著門。

瑪塔：（停頓一會兒之後，語氣愈來愈激烈）生命能給人的東西，他都享有了。他離開了故土，見識了其他國度、海洋、自由的人們。而我呢，我留在這裡。我留下來，渺小又陰鬱，無聊無奈，沉陷在歐洲大陸，在這片厚重的土地上長大。沒有人親吻我的嘴唇，甚至您也未曾看過我的裸體。母親，我跟您發誓，這是要償還的。您不能僅僅憑著一個人死了的藉口，就在我應當得到回報的時候逃避責任。您要了解，對一個活了精采一生的男人來說，死只是一件小事。我們可以忘記他是我哥哥、是您兒子。發生在他身上的事情毫不重要，因為他再也不知道了。但是我呢，您讓我一生挫折，您剝奪了我他所享受到的一切。然後，他還要再奪去我母親對我的愛，把您拖進他那冰冷的河水中嗎？

她們沉默地互相凝視。瑪塔垂下眼睛。非常低聲地說。

我要的真的不多。母親，有些話我從來都說不出口，但我感覺我們可以溫馨地重新過日子。

母親向前朝她走去。

母親：妳認出他了嗎？

瑪塔：（猛然仰頭）沒有！我沒認出他。我根本不記得他的長相，該發生的就這樣發生了。您自己也說，這個世界本來就沒有道理。但是您問我這個問題倒也沒錯，因為我現在知道了，即使我認出他，也不會改變任何事。

母親：我寧可相信這不是真的。最壞的殺人犯都有心軟的時刻。

瑪塔：我也有那些心軟的時刻。但我不會在一個陌生而冷漠的兄長面前低下頭來。

母親：那會是在誰面前呢？

瑪塔低下頭。

瑪塔：在您面前。

一陣沉默。

母親：（緩緩地）太遲了，瑪塔。我不能為妳做什麼了。（轉身面對女兒）妳在哭嗎，瑪塔？不，妳根本不會哭。妳還記得我抱妳的時光嗎？

瑪塔：不記得，母親。

母親：沒錯。已經很久了，而我很快就忘記對妳展開雙臂。但是我從未停止愛妳。（她慢慢推開瑪塔，瑪塔漸漸讓出路）我現在知道了，因為我的心告訴我；在我無法忍受生命的此時，我又重新活過來了。

走道現在無阻了。

瑪塔：（臉埋進雙手）比您女兒的傷痛更強烈的是什麼呢？

母親：或許是疲憊吧，以及想休息的渴望。

她走出去，女兒並未阻擋。

第二場

瑪塔衝向房門，猛然關上。貼著門，迸發出狂烈的叫喊。

瑪塔：不！我並沒有照顧我哥哥的責任，但現在呢，我在自己的國家裡被放逐；連母親都拋棄我了。但是我並沒有照顧我哥哥的責任，這對無辜的人不公平。現在他得到他要的，而我卻孤單一人，遠離我渴望的海洋。喔！我恨他。我這輩子都在等著帶我遠離的海浪，而我知道這海浪不會來了！現在我只能這麼待著，待在這前後左右擠著這一堆人民和國家、平原和山巒的地方，海風吹不進這裡，海浪拍打聲和不斷的低語召喚都聽不到。（聲音低沉下去）其他人運氣比較好！有的地方儘管離海洋很遠，偶爾晚風會吹來海藻的氣味。他說到那裡濕潤的海灘，海鳥高聲鳴叫，或是傍晚一望無際的金黃碎石沙灘。但是海風在抵達這裡時早就力竭，我永遠得不到我應得的。就算我把耳朵貼著地，依舊聽不到海浪拍打的聲音，或是大海快樂均勻的呼吸聲。我離我所喜愛的太遠，這中間的距離沒法解決。我恨他，我恨他得到他所要的。我只能留在這沉重的封閉之地，天地渾沌成一片，這國度能止我饑的只是春天李樹孱弱的花朵，能解我渴的只是我遍灑的血。這就是對母親的溫情所要付出的代價！

就讓她死了吧，反正她不愛我！就讓我周身的門都關閉吧！就讓她把我留在我該有的憤怒之中吧！因為，在死之前，我可不會抬起眼哀求上天。在那裡，人們可以在海浪中逃避、解放、肉體挨著另一個肉體，在那個被大海保護的國家，神明不用上岸。但這裡呢，不論眼神望向何處，大地都只讓人帶著乞憐的眼神仰望著天。喔！我痛恨這貶低我們到只能乞求上天的世界。但是我呢，雖然遭受不公不義，沒有人有教訓我的權利，我不會下跪乞求。這世界無我容身之地，母親也否定我，我會在自己犯下的罪行中離開這個世界，不求妥協。

有人敲門。

第三場

瑪塔：　是誰？
瑪麗亞：一個旅客。
瑪塔：　我們不收客人了。
瑪麗亞：我來找我先生。

　　　她上場。

瑪塔：　（看著她）您先生是哪位？
瑪麗亞：他昨天抵達這兒，預定今天早上和我會合。我很驚訝他沒出現。

瑪塔：　他說他妻子留在國外。

瑪麗亞：他這麼說自有原因。但是現在我們應該相會才對。

瑪塔：　（繼續盯著她看）這有困難。您先生已經不在這裡了。

瑪麗亞：您說什麼？他不是在這裡訂了一個房間嗎？

瑪塔：　他是訂了一個房間，但夜裡就離開了。

瑪麗亞：我無法相信，他要留在這棟屋子裡的所有理由我都知道。但是您的語氣讓我擔憂，有什麼要告訴我的，您就說吧。

瑪塔：　我沒有任何要告訴您的，只是您先生已經不在這裡了。

瑪麗亞：他不會丟下我走的，我不理解您說的。他真的走了，還是他說還會回來？

瑪塔：　他真的走了。

瑪麗亞：請聽我說，從昨天開始，我就在這個異國忍受消耗我全部耐性的等待。我現在因為擔憂而前來，在沒看到我先生，或是不知道哪裡可以找到他之前，我是絕對不會離開的。

瑪塔：這不關我的事。

瑪麗亞：那您就錯了，這也關您的事。我不知道我先生是否贊成我跟您說這件事，但我已經厭煩這些錯綜複雜。昨天早上前來你們這裡投宿的那個男人，就是您多年音訊全無的哥哥。

瑪塔：這我已經知道了。

瑪麗亞：（爆發）所以呢，發生了什麼事？您哥哥為什麼不在這棟屋子裡？您母親和您沒認出他來嗎，妳們沒有因為他歸來而高興嗎？

瑪塔：您先生不在這裡，因為他死了。

瑪麗亞驚跳，維持一陣沉默，眼睛緊緊盯著瑪塔。之後她微笑著作勢靠近她。

瑪麗亞：您在開玩笑，是吧？尚跟我說您小時候就愛亂開玩笑。我們倆幾乎算是姊妹……

瑪塔：別碰我。待在您的原地。我們之間毫無交集。（停頓一下）您的先生昨夜死了，我保證這不是個玩笑。您沒有必要待在這裡了。

瑪麗亞：您瘋了，瘋到極點！這太突然，我無法相信。他在哪裡？讓我親眼看到他死了，那我才能相信連想都無法想像的事。

瑪塔：不可能。他所在的地方，沒有人看得見。

瑪麗亞朝著她的方向伸出手。

別碰我，待在您的原地……他沉在河底，昨夜當我母親和我把他弄昏睡過去之後，把他抬過去。他沒有受苦，但終究是死了，是我們——他的母親和我——害死了他。

瑪麗亞：（往後退）不，不……是我瘋了，聽到這世上不可能聽到的話。我早就知道這裡不會有什麼好事等著我，卻沒想到是這樣子的瘋狂。我不懂，我無法了解您所說的……

瑪塔：我的角色不是要說服您，只是告知。您自己會知道真相。

瑪麗亞：（有點魂不守舍）為什麼，妳們為什麼這麼做呢？

瑪塔：您憑什麼這麼質問我？

瑪麗亞：（大喊）憑我的愛！

瑪塔：這個字代表什麼意思呢？

瑪麗亞：它代表的就是現在撕裂、啃噬我的，這讓我想張開雙手殺人的瘋狂念頭。它代表的就是我心底所剩的固執不肯相信的心，要不是如此您就會知道，瘋狂地知道，因為您會感受到您的臉在我指甲下被撕裂。

瑪塔：您用的詞語我真的無法理解。我聽不懂愛、快樂、痛苦這些字眼。

瑪麗亞：（很勉力地說）請聽好，如果這是個遊戲的話，我們就別玩了吧。別再玩弄字句。在我放棄之前，清楚地告訴我我想知道的事。

瑪塔：我說得再清楚不過了。我們昨夜殺了您先生，然後搶奪他的錢財，就像我們對在他之前的幾個旅客所做的一樣。

瑪麗亞：所以他的母親和妹妹是殺人犯？

瑪塔：是的。

瑪麗亞：（還是很勉力地）您當時已經知道他是您哥哥嗎？

瑪塔：如果您真想知道，這中間有個誤會。您只要對人世有點了解，應該不會驚訝誤會是會發生的。

瑪麗亞：（轉身朝向桌子，拳頭垂著胸，喑啞的聲音說）喔，上帝啊！我知道這齣戲一定不會有善終，他和我都會因為演這齣戲而受到懲罰，不幸就從天而降。（她走到桌前，沒看著瑪塔說）他想要妳們認出他來，重回他的故居，帶給妳們幸福，但他不知該怎麼說。當他想著該怎麼啟齒的時候，反倒被殺害了。（她哭起來）而妳們呢，就像兩個瘋子，對返鄉找妳們的優秀兒子視而不見……他確實很優秀，妳們不知道自己殺害的是一個多麼高尚的心、多麼自我要求的靈魂！他應該是妳們的驕傲，如同他是我的驕傲。但是，多可悲啊！妳們以前就是他的敵人，現在還是他的敵人，妳們冷血地談論著這樁本來應當把妳們拋到街上、讓妳們發出野獸嚎叫的殺人案件！

瑪塔：不要下任何評論，因為您知道的並不是全部。當下這個時間，我母親已隨她兒子墜入河中。波濤已開始侵蝕他們。人們很快會發現他們，他們會一起回歸大地。但我還是找不到這有什麼會讓我尖叫嚎啕的地方。我對人心有不一樣的想法，總而言之，您的淚水讓我覺得噁心。

瑪麗亞：（轉過身對著她，滿懷恨意）這是永遠葬送歡樂的淚水。對您來說，這比乾澀的痛苦來得好。這乾澀的痛苦即將襲向我，也可能靜靜悄悄地將您殺死。

瑪塔：這其中沒有觸動我的地方。說實在的，這真的不算什麼。我看的聽的也夠多了，我也決定該輪到我死了。但是我不想跟他們混在一起。我幹嘛和他們作伴同死呢？我讓他們倆自己去享受重拾的溫情，黑暗中彼此撫慰觸摸。您和我都不再介入其中，他們永遠背叛了我們。幸好我還有我的房間，在那裡獨自死去挺好的。

瑪麗亞：啊！您大可以死去，世界大可以毀滅，但我失去了我心愛的人。現在我必須活在這恐怖的孤獨中，回憶將會是酷刑。

瑪塔走到她身後，越過她的頭上方說。

瑪塔：別那麼誇張。您失去了丈夫，我失去了母親。總之，我們兩不相欠。但是您失去丈夫僅止是一次，你們快樂相處了多年，而且他也沒有拋棄您。我呢，我母親拋棄了我，現在她又死了，我失去了她兩次。

瑪麗亞：他想帶給妳們財富，讓妳們兩個幸福。這就是他獨自待在房間裡所想的，而那時妳們正籌畫著殺死他。

瑪塔：（語調突然絕望）我和您丈夫也兩不相欠，因為我嘗過他感受的悲痛。我也曾和他一樣，相信我會有個家。我本來想像罪行就是我們的家，把我母親和我永遠連結在一起。在這世上，除了那個和我一起殺人的人，我還能依靠誰呢？但是我錯了。犯罪也是一種孤獨，就算一千個人一起動手也一樣。我孤獨地活、孤獨地殺人，現在孤獨地死，這是應當的。

瑪麗亞轉身向她，滿臉淚水。

瑪塔：（向後退，重拾嚴峻的口吻）別碰我，我已經說過了。一想到死前有一隻手硬要把它的溫熱強加在我身上，一想到不論什麼類似人類醜陋的溫情還追著我不放，整個憤怒之血就衝上我的太陽穴。

她們面對面，距離很近。

瑪麗亞：不用擔心。我會讓您如願地死去。我現在眼瞎了，再也看不見您了！

您母親和您的面孔都只是瞬間而逝，只是一場無止境的悲劇裡碰到又消逝的面孔。我對妳們既無恨意也無同情。我再也不能愛或是恨任何人了。（她突然把臉埋進雙手裡）老實說，我甚至來不及痛苦或是反抗。不幸比我強大太多了。

瑪塔轉過身，朝向門走幾步，又轉身走向瑪麗亞。

瑪塔：不幸還不夠強大，因為您還有眼淚。在和您永別之前，我覺得還有件事得做。我得讓您絕望。

瑪麗亞：（驚恐的看著她）喔！放過我吧，您請走，放過我吧！

瑪塔：我會放過您，的確這對我來說，也是個解脫，我難以忍受您的愛和您的眼淚。但是就算我要死，也不能讓您自以為有道理，以為愛不是徒勞，發生的這件事只是個意外。現在才一切回歸該有的秩序。您必須告訴自己這一點。

瑪麗亞：什麼秩序？

瑪塔：從沒有人知道的那個秩序。

瑪麗亞：（迷惘地）這已經不重要了，我已經不想聽您說的話了。我的心已撕裂。我的心只對妳們殺死的那個人感到興趣。

瑪塔：（粗暴地）閉嘴！我再也不想聽到他，我厭惡他。他現在對您來說什麼都不是了。他進了我們這棟永久被放逐的悲傷屋子。笨蛋！他擁有他所有想要的，也找到了他所尋找的。現在我們大家都回歸秩序。您要明白，對他或對我們來說，活著或死了，既沒有祖國也沒有安寧可言。（發出輕蔑的笑聲）因為我們總不能把這片沉鬱、無光、讓自己被盲目野獸吃掉的土地稱為祖國，不是嗎？

瑪麗亞：（淚流滿面）喔！我的上帝啊，我受不了、受不了這種話。若他還在，也一定受不了。他出發找尋的是另一個祖國，不是這裡。

瑪塔：（已經走到門邊，猛然轉身）他這個瘋狂行為已經得到苦果。您也很快會嘗到苦果。（同樣的笑聲）容我告訴您，我們被剝奪了。人類發出這麼大聲的呼喚、這般的靈魂警戒又有何用？何以對著大海或對著愛吶喊？這些都無稽可笑。您先生現在得到答案了，那就是我們終將在這棟恐怖的屋子裡互相緊挨著。（帶著恨意）您也會得到答案的，而且如果您還能夠的話，將會甜蜜地記起您以為進入了最心碎的放逐的這一天。要知道，您的痛苦永遠不能和人類受到的不正義相提並論。最後，聽我一個忠告。我好歹欠您一個忠告，不是嗎，因為我殺了您丈夫！

祈求您的上帝，求祂把您變成像石頭一樣吧。這是祂享受的幸福，也是唯一真正的幸福。像祂一樣，對所有的吶喊充耳不聞，趁還來得及的時候加入石頭行列裡。但是倘若您太懦弱，不敢進入這樣無聲的平靜，那就來和我們在這共同的屋子裡相聚吧。永別了，我的姊妹！您看看，一切都很容易。您可以在小石頭愚蠢的幸福，或我們等待您的濕黏河床之間做選擇。

她走出。失神地聽著的瑪麗亞身體搖晃，雙手伸向前。

瑪麗亞：（大喊）喔！我的上帝啊！我不能活在這荒漠裡！我是向您說話，而我能夠找到我要用的字語。（她雙膝跪下）是的，我依賴的是您。請憐憫我，眷顧我！請聽見我，向我伸出您的手！主啊，請憐憫那些相愛卻分離的人吧！

房門打開，老僕人出現。

第四場

老僕人：（清晰而堅定的語調）您叫我嗎？
瑪麗亞：（轉身看著他）喔！我不知道！但是幫幫我吧，我需要幫助。請您可憐我，來幫助我吧。
老僕人：（同樣的語調）不！

落幕。

劇終。

附錄
卡繆戲劇集序[1]

卡繆

這本戲劇集收錄的劇本是一九三八至一九五〇年之間完成的。第一齣《卡里古拉》是一九三八年在讀了蘇埃托尼（Suétone）的《十二帝王傳》（*Douze Césars*）之後所寫的。我本來構想由我在阿爾及爾成立的小劇團演出，而我的意圖很簡單，就是創造卡里古拉這個角色。剛出道的演員有這些天真質樸的特質，而我當年才二十五歲，正是除了自己，對一切都存著懷疑的年紀。戰爭爆

1 本文是卡繆為一九五七年出版的英文版《卡里古拉與其他三部戲劇》所寫的序文。編註。

發迫使我放慢腳步，《卡里古拉》直到一九四六年才在巴黎赫伯托劇院上演。

《卡里古拉》是一齣屬於演員和導演的戲劇。但是它當然也擷取了我在那個時期所關心的議題。法國評論界雖然對這齣劇頗有好評，卻經常談到這是一齣哲學戲劇，這讓我非常驚訝。它真的是一齣哲學劇嗎？

卡里古拉本來還算是個和藹可親的皇帝，但在他妹妹兼情婦圖西菈死後，他發覺自己所生存的世界無法令人滿意。從此他一心一意想得到「不可能」，蔑視一切，充滿恐懼，想藉由殺人、任意顛覆一切價值而得到自由，但最後才發現這個自由不是他所想像的那個自由。他棄絕友情和愛情、人性中單純的團結、善與惡。他把周遭人隨口說的話放大檢視，逼他們順著邏輯到底，他對生命的渴切使他拒絕一切，毀滅式的憤恨讓他剷平周遭一切。

但是，若他的真理是反抗命運，他的錯誤就是否定了人。毀滅一切，勢必也連自己一起毀掉。這就是為什麼卡里古拉身邊的人愈來愈少，堅持著自己的邏輯，只會讓更多的人反對他，終究殺死了他。《卡里古拉》是一個高級自殺的故事。這是最人性、也是最具悲劇性錯誤的一個故事。為了忠於自己而背叛人，卡里古拉最後接受死亡，因為他明白了沒有人能獨善其身，和所有人對立無法得到自由。

這是一個智性的悲劇，因此大家理所當然把這齣劇定位為學術戲劇。對我個人來說，我承認這個劇本有許多缺失，但找了老半天都沒在這四幕之中找到任何哲學成分。若真要說有，應該是主人翁說的這句：「人會死，而且他們並不幸福。」這個觀念毫無出奇之處，我覺得這也是拉巴利斯先生[2]以及所有人

---

2 拉巴利斯先生（M. de La Palice）源自於法國貴族拉巴利斯（La Palisse, 1470-1525），已經成為一個約定俗成的用詞，意思是「重申再明顯不過的事實」。卡繆也曾在《薛西弗斯的神話》中用過這個用詞。可參見《薛西弗斯的神話》頁二七的註釋（大塊文化版，嚴慧瑩譯，二〇一七年）。譯註。

類共同的一個想法。不，我的企圖並不在此。在戲劇範疇裡，追求「不可能」是一個研究課題，就如同貪婪、姦情一樣。呈現出這個追求的狂熱、彰顯它帶來的災難、揭示它終將失敗，這就是我的計畫。評論這齣劇本也應該從這個角度來看才對。

再說一句。有些人認為我這齣劇很聳動，但他們卻覺得伊底帕斯弒父娶母很自然，也覺得三人行沒什麼——當然這只局限在高級豪宅區。然而，我對因為無法說服而選擇聳動這個方式的藝術作品，並沒有多大的評價。若我不幸引起了眾人物議，很可能只是因為我太過於渴切真實，但一個藝術家若是背離了真實，就是揚棄了他的藝術本身。

《誤會》是在一九四一年寫的，法國被占領期間。我迫於局勢，生活在法國中部山區。這樣的歷史與地理情勢，足以解釋在這部劇作中所反映出的我當時的鬱悶幽禁狀態。這齣劇讓人感到窒息，這是事實。但是那個時代，所有人都鬱悶地喘不過氣。無論如何，這齣劇的暗鬱令我和大眾都感到不舒服，為了鼓勵大家接受這齣劇，我建議讀者：（一）看見這齣劇的寓意並不是完全負面的；（二）把《誤會》視為創作一部現代悲劇的嘗試。

一個兒子不說出自己名字而想被認出，卻因誤會被他母親和妹妹殺了，這就是這部劇的主題。毫無疑問，這是對人性非常悲觀的一個視角。但對人來說，也可能得出一個相對的樂觀視角。因為，其實如果兒子說「是我，我叫什麼名字」，一切就會改觀。這也就是說，在這個不公不義、冷漠的世界，用最簡單的真誠和最正確的字眼，人可以自救，也可以救其他人。

這部劇使用的語言也讓人不適應，這一點我知道。若是我讓劇中人物穿上古希臘的服裝，大家可能都會鼓掌。但我的意圖恰恰是讓現代人物使用古代悲劇的語言。老實說這非常困難，因為這語言必須讓現代人說起來覺得自然，又必須帶著古怪，呼應古代悲劇的調性。為了貼近這個理想，我試著在人物個性上添加疏離感，在對話上製造模糊弔詭。觀眾應該因而會覺得有點親近又同時覺得不自在——不論對觀眾或是讀者都是。只是我不敢確定自己拿捏得夠不夠好。

至於老僕人這個角色，並不必然象徵命運。當這場悲劇中倖存的女人呼喊上帝時，是他回應的。但是，這也可能是另一個誤會。他拒絕女人對他的求救，是因為他的確沒有意圖幫助她，當痛苦或不正義到了一個程度，誰也幫不了誰，痛苦必須自己承擔。

其實我覺得這些解釋並沒有多大用處。我一直認為《誤會》是一部容易理解的作品，只要大家接受這個語言，並相信作者深深投入其中。戲劇不是一個遊戲，這是我的信念。

《戒嚴》在巴黎首演時，輕易獲得了口徑一致的批評。當然，很少戲劇曾獲致如此全面的抨擊，但特別遺憾的是，我始終認為《戒嚴》雖有眾多缺陷，或許是和我最相像的一部作品。這個形象儘管忠實相像，讀者有絕對的自由可以覺得它不討人喜歡。然而，我想先反駁幾個成見，以便賦予這個評價更大的力道和自由度。首先要知道：

一、《戒嚴》從任何方面看，都不是改編自我的小說《瘟疫》。雖然我給了劇中一個人物這個象徵性的名字，但既然是一個獨裁者，取這個名字是正確的。

二、《戒嚴》並不是一齣古典概念的戲劇，反而比較貼近我們中古世紀所謂的「道德劇」，或是西班牙的「聖教劇」，以諷諭的戲劇呈現所有觀眾早就知道的主題。在那個獨裁者和奴隸的時空之下，這齣劇的重點集中在我所認為唯一存活的宗教，也就是自由。因此，指摘我的人物角色只具象徵性是完全徒勞。我承認我的目標正是把戲劇抽離心理思辨，在我們低聲呢喃的舞台上發出大聲疾呼，折服或解放今日的廣大群眾。光從這個角度看，我確信我的企圖值得受到大家關注。很有趣的是，這齣討論自由的劇，在右派獨裁和左派獨裁國家都不受歡迎。它在德國多年不間斷被搬上舞台，但在西班牙或鐵幕國家[3]未上演過。對這部劇作隱藏的或明顯的意圖，還有很多可說的，但是我只想闡明我的讀者評價，而非左右這個評價。

《正義者》運氣比較好，受到好評。然而讚美如同批評，都可能產生於誤會，因此我想講得再明確一些：

一、《正義者》中敘述的事件是歷史事件，甚至大公夫人和謀殺她丈夫的人的那次令人驚訝的會面都是史實。因此應當只評論我把真實事件還原的方式。

二、希望讀者不要被這部作品的形式所惑。我試圖以古典的方式呈現悲劇張力，也就是讓兩方人物以相同的力量和理性對峙。但若就此結論一切都達到平衡，那就錯了，劇中所遇到的難題，我也認為不該行動。我對劇中的主人翁卡利亞耶夫、朵拉帶著全然的崇敬。我只是想表明行動本身有其界限，唯有守住這界限的行動才是好的、正義的，人如果必須越過這個界限，那他至少要接受死亡。我們今日的世界之所以顯現令人憎惡的面貌，因為它恰恰是被那些自認為有權越過界線的人所製造出來的，首先就是殺別人而自己逃死。正因如此，如今在世界各處，正義被拿來充當殺人者的藉口。

最後再說一句，想告訴讀者們在本書中找不到的東西。儘管我熱愛戲劇，卻不幸地只愛一種戲劇，不論是喜劇或是悲劇。經過一段相當長時間身為導演、演員、劇作者的經驗，我覺得沒有語言和風格，就算不上真正的戲劇。即使效法我們古典戲劇和古希臘悲劇的作品，若沒有觸及整體人類命運中單純和偉大的地方，也算不上真正的戲劇。我不敢自負與古典戲劇和古希臘悲劇比

3 西班牙當時是右派獨裁的佛朗哥政府，鐵幕國家則是左派共產主義極權國家。譯註。

肩，但至少要把它們當成典範。心理分析、巧妙的插曲、辛辣的情境，作為觀眾的我或許會覺得好玩，但作為劇作者的我對這些毫無興趣。我甘心承認這個態度值得商榷，但我認為在這一點上應當先表明我就是這樣。讀者既然知道這一點，也大可就此打住。那些不因為我這種堅持而氣餒的讀者，我相信更可以從他們身上得到友誼，一種超越疆界、連結讀者與作者的奇特友誼，若其中並無誤會的話，這是一個作家最大的獎勵。

一九五七年十二月

譯者後記

卡繆的戲劇創作

嚴慧瑩

卡繆一九一三年出生於法屬阿爾及利亞，一個殖民國度，一個文化貧瘠的社會，一個窮困的家庭，卻造化出一個向全世界散放文學光芒的偉大文人。他的論述鏗鏘有力，小說充滿人性關懷，而他的劇作則是經由對話作為辯證，餘韻不絕。

卡繆的創作最為人所知的有小說《異鄉人》、《瘟疫》等，有論述《薛西弗斯的神話》、《反抗者》等，亞洲讀者較不熟悉他的劇本，其實戲劇創作（並參與投入）占據卡繆短暫的一生非常重要的地位。

卡繆很早就對慶典表演、戲劇、電影懷抱濃厚興趣（自傳式的《第一人》中曾談及）。一九三六年，卡繆二十三歲，大學剛畢業，充滿熱情與抱負，在「戲劇撒哈拉沙漠」（如卡繆自己所言）的阿爾及爾成立了「勞動劇團」，邀集一些業餘的年輕知識分子、學生一起做戲劇，到處下鄉巡迴演出。「勞動劇團」後來改名為「團隊劇團」，這是卡繆在進入報社、出版任何一本著作之前所做的事。

卡繆一生的創作生涯都離不開戲劇。除了寫作劇本、改編（馬爾侯、紀德、杜斯妥也夫斯基、福克納等作家的小說）、執導，更親自粉墨登場。他喜歡的是做劇團集體合作、一起切磋、在舞台上演出的汗水奔流的快樂。這就是卡繆。與其坐在文學沙龍裡高談闊論，他穿著牛仔褲、捲起袖子親自投身到創作裡，和自己的創作融成一體。

他曾在一次訪談中談到自己投身戲劇的原因：「為什麼做戲劇呢？我也經

常問自己這個問題。直到目前我只想出一個原因，你們可能會覺得答案平庸地令人洩氣：很簡單，那就是舞台是我在這個世界上覺得快樂的地方之一……」答案很簡單但一點都不平庸，反而真誠懇切。投身戲劇並不在於開拓創作範疇，並不為了吸引媒體目光，也不是為政治理念效勞，而是「覺得快樂」。相對於他的論述作品，他的戲劇創作並不是曉以大義，反而可以看作是傾訴衷腸、充滿感情。的確，對一個創作者來說，有什麼比用真正的聲音言語、實際的肢體動作闡釋思想更為快樂的事呢？

在《薛西弗斯的神話》中，那句劇力萬鈞的「我們應當想像薛西弗斯是快樂的」，和卡繆說到自己做戲劇是「快樂」的，用的是同一個字heureux，這快樂當然不只是高興、愉快，而有更深沉的內容。要探究這個內容，可能要從當時法國戲劇創作背景談起。

兩次大戰之間，以及大戰之後，法國戲劇經歷一個重要轉折。簡化而言，原本戲劇世界裡並存著「大道戲劇」（théâtre de boulevard）與「文學戲劇」（théâtre littéraire），兩者涇渭分明。前者是在巴黎大道區為數眾多的劇院裡上演的娛樂劇，輕鬆或悲情，插科打諢，適合一般大眾口味。後者則是曲高和寡，注重傳統表演方式，用詞嚴謹高尚，以文學性、劇作者為號召。為了打破這種一分為二的劇場精神，興起了所謂「平民大眾戲劇」（théâtre populaire）：誰說一般大眾平民只接受工業化炮製的輕鬆劇碼呢？誰說戲劇一定要講究四平八穩、古典嚴謹呢？為什麼不能用淺顯易懂的對話與情節傳達嚴肅的思想給大眾，提升一般百姓觀賞的層次呢？這個轉折期，卡繆躬逢其盛，更實際以創作作為見證。我們能輕易想像懷抱著「與人民一起分享文學與哲理」這個理念而忙碌的卡繆，是快樂的。

然而，卡繆真正原創完成的劇本並不多，只有四本：《卡里古拉》（一九三八）、《誤會》（一九四四）、《戒嚴》（一九四八）、《正義者》

（一九四九），前兩本屬於「荒謬系列」，後兩本屬於「反抗系列」[1]，若非一場車禍，卡繆接下來的「愛的系列」還預計改寫兩本劇本《唐璜》和《浮士德》。我們可以看出，在他的寫作計畫裡，論述／散文、小說、劇本是平行一起進行的，各自善用各自的文體特殊性來貫穿思想。

1 根據《卡繆辭典》（*Dictionnaire Albert Camus*. Sous la direction de Jeanyves Guérin. Édition Robert Laffont. 2009 Nov. P.275）：一九四〇年，卡繆和劇場導演（也是好友）尚－路易．巴侯勒（Jean-Louis Barrault）同時分別就「瘟疫」這個主題進行寫作。卡繆於一九四七年完成小說《瘟疫》，巴侯勒寫的劇本卻沒寫完，他把手稿交給卡繆，請他完成，就成了《戒嚴》這部劇作。學界有時會說這是四手合寫的作品，但是沒有人知道巴侯勒寫的分量占多少，而卡繆又用了多少。是頭尾都是巴侯勒的構想嗎？還是只起了個頭？因為文獻不足，並無定論。可能是這個原因，在卡繆《札記》中於一九四七年寫下的關於作品系列規畫中並無《戒嚴》這部作品，它是另外衍生出來的。也可能是這個原因，《戒嚴》獲得的關注少很多。

雖然只留下這四齣劇本，它們的影響非常深遠，不僅締造了「現代悲劇」（tragédie moderne）的概念，也帶動了後來以貝克特（Samuel Beckett）、尤涅斯柯（Eugène Ionesco）為首的「荒謬劇場」（théâtre de l'absurde）。首先要釐清，卡繆的戲劇討論「荒謬」這個主題，卻不是荒謬劇場。後來一九六〇年代興起的荒謬劇場製造荒謬的情境，打破邏輯、連貫性、人物間對話，顛覆戲劇語言，這並不是卡繆的觀念和目的，因為他認為人和人之間的語言溝通是最重要的。

說到語言溝通，立刻令人想到《誤會》。這齣劇情節簡單：一個帶著妻子回到故鄉投宿母親和妹妹經營的旅店的兒子，沒被認出也沒透露自己身分，被母親和妹妹誤認是個有錢的旅客而謀財害命，一個誤會造成四個人的不幸。

這個劇本靈感來自於一則真實發生的社會事件，刊登在一九三五年一月六日的《阿爾及爾回聲報》上，這則新聞想必讓卡繆印象深刻。在《異鄉人》

中，莫梭在囚室床墊下發現一截發黃的報紙，上面刊載的就是這則社會新聞，莫梭的感想是：「我認為那個旅人有點活該，玩笑不能亂開」[2]。這句話毋寧就是《誤會》的精髓：面對嚴肅的生命，必須真誠，不能亂開玩笑！其實很簡單，不必屈服於荒謬的命運，不必拐彎抹角，不必猜測揣度，不必把情況弄得複雜，只消說出事實，按照人性、常理說自己是兒子，不就可以避免這樁悲

《戒嚴》雖然屬於卡繆第二個思想時期的作品，但此劇首演後就遭到一致惡評，加上場面浩大、演員眾多、時代跳躍，搬上舞台難度高，所以直至今日是卡繆戲劇作品中最少被演出的。也因為這些原因，評論界說這齣戲文學性高而戲劇性低。雖然我們也可以看到本書附錄裡卡繆在英文版劇本集的序文中為此劇說明、辯護，但考量以上原因，並參考他各階段作品的主題系列性，因此大塊文化版本的卡繆反抗系列作品暫先擱置此作，在此與讀者說明。編註。

2 卡繆，《異鄉人》，嚴慧瑩譯，台北：大塊文化，二〇二〇。頁九三。

劇？如同《瘟疫》一書中塔盧所說的：「人類的一切不幸都來自於他們不把話講清楚明白。」[3]

《卡里古拉》則比較隱晦，是卡繆最謎樣、最難懂、相信也是最具野心的一齣。很多人第一次讀應該都和我一樣，有「為什麼要塑造這樣一個人物啊？」「卡里古拉到底在搞什麼啊？」這樣的疑惑。

《卡里古拉》從構思到定稿，歷經了二十多年，卡繆早在一九三五年就在筆記本上寫下了《卡里古拉》這個劇本的構圖，一九四一年完成，經過修改，一九四四年出版，中間又經過多次版本，才是我們今天讀到的定版（一九五八年）。

卡里古拉是羅馬帝國第三任皇帝，西元三七至四一年在位。歷史上記載他長了個山羊臉，荒淫無度、濫殺無辜、好大喜功，是典型的暴君，一個邪惡的瘋子。卡繆筆下的卡里古拉比起史籍多了心理層次（況且在法國無數次搬上舞台時都是選年輕英俊的演員，跟山羊一丁點都不像），並非美化暴君，也無關歷史劇，而是借用這個形象探究更深度的議題。

卡繆的卡里古拉行徑荒唐、褻瀆神祇、愚弄大臣與詩人、為所欲為，但是卡繆解釋了他瘋狂的原因。身為一個皇帝，有什麼是做不到的呢？於是他想要月亮，想要得到不可能得到的，想要絕對的自由，對「絕對」的妄想終於導致了他的虛無感與瘋狂，對「不可能」的渴望撞上了荒謬這堵牆。普世價值、人性道德、社會規範都消失之時，就是一條走不下去的死胡同，一堆鬼魅幻影，對生命漠然，這就是卡里古拉的悲劇。他察覺到生命的荒謬，卻用錯了反抗的方式。

3 卡繆，《瘟疫》，嚴慧瑩譯，台北：大塊文化，二〇二一。頁二八八。

卡繆的寫作雖然畫分為「荒謬系列」和「反抗系列」，其實思想是貫穿的：一旦意識到荒謬，面對這荒蕪的世界上無數的荒謬情境、無數的不公不義，自然要反抗，但是要採取「人性」的方式。《誤會》中的瑪塔嚮往陽光國度和沙灘，但以殺人劫財來得到就是錯的；卡里古拉想得到幸福、自由、想得到「不可能」，但不能逾矩無度，濫殺無辜。萬物皆有其宗，這個「宗」就是人性道德，就算對抗荒謬，就算反抗，也有不可為之事，也有一個界線。如同卡繆在《薛西弗斯的神話》中所彰示：反抗若沒有道德良知做後盾，悲劇將重複上演。

該用什麼作為武器來反抗呢？我看見卡繆昂然挺立，用他的筆、用他筆下的人物高喊出他的答案：按照人性！

國家圖書館出版品預行編目（CIP）資料

誤會 / 卡繆（Albert Camus）著 ; 嚴慧瑩譯 . -- 初版 . --
臺北市 : 大塊文化出版股份有限公司 , 2022.03
面 ;　公分 . --（to ; 127）
譯自 : Le malentendu.
ISBN 978-626-7118-06-1（平裝）

876.55　　111001303

LOCUS

LOCUS

LOCUS

LOCUS